平凡社新書
884

新版 死を想う

われらも終には仏なり

石牟礼道子
ISHIMURE MICHIKO
伊藤比呂美
ITŌ HIROMI

HEIBONSHA

新版　死を想う●目次

対話する石牟礼道子さん（左）と伊藤比呂美さん（右）。石牟礼さんの上着はお母様の着物を直したもの（写真＝平凡社新書編集部・及川）

まえがき

石牟礼道子

宿願であった『苦海浄土・第二部　神々の村』（藤原書店）をやっと書きあげて、長い吐息をついたら、わたしの躰全体がじゅうーっと音を立ててしぼんでゆくのがわかった。わたしの中にもぐりこんでいた歳月が、いっせいに蒸発してゆく音でもあった。ああしんど。

わたしはいったいいくつになっているのかしら、もう百歳近くになったかしらと思った。鏡を見た。百歳にしては皺《しわ》が少ない。おお、やれやれ。こんなに長生きするなんて。夢かうつつか、雲がゆっくり流れて往った。赤んぼうの時に眺めた空の青である。小高い丘の上の畑にわたしは寝かされていた。菜の花が顔の上にゆれ、鮮やかな罌粟《けし》の花が、朱色の蝶々のようにひらひらと目の前をゆき来した。罌粟は花首が細いので、わずかな風にもゆれるのである。

丘全体が夕方の光にいろどられ、シュロの葉先が重い傘のように天にそびえていた。この樹にはてっぺんにだけ葉があって、枝というものがない。

朱色の罌粟が麻薬の原料だとは、あの頃まだ誰も知らなかったらしい。あちこちの畑で栽培され仏さまのお花とよばれていた。そんな花畑の脇に寝かされていたわけがわからないが、百姓仕事に慣れなかった若き日の母が、赤児を下ろして、束の間汗でも拭いていたのだろうか。

赤児の時に目にした罌粟の花の残影は今でもまならうらにあって、枕もあがらない状態でいると、気付け薬よろしく花畑のまぼろしとなってあらわれる。そのまぼろしの中で、昔仏さまを乗せていた年とった白象をわたしは伊藤比呂美さんにひき合わせた。手に一輪の赤い花を持って。

彼女はむかしむかしのインドあたりの童歌《わらべうた》を探しにゆくのだそうだ。いっしょにゆきましょう、と童女の比呂美ちゃんはいう。

残りの年齢も蒸発させてしまっていたわたしは、いつもよりもさらに弱音を吐いた。比呂美ちゃんの申し出。

「死について、想いをのべあってみると、どういうことになるでしょうか、ねえ」

切実なことをぐさりと言われたような、はるか昔のことを思い出させられたような気がした。

考えてみると比呂美ちゃんも大変である。ご家庭はカリフォルニアにあるし（沙漠に近いのだそうだ！）、国際結婚だし、熊本市にいらっしゃるご両親のお世話もやってのけているようだし。アメリカ、東京、熊本と、娘さんたちを引き連れてゆき来しているのを眺めていると、その甲斐性《かいしょう》に目を見はらされる。詩人といえば古来甲斐性なしの典型と思われ勝ちだが、その遂げられなかった無念がこの人にあらわれてきたのかもしれない。

彼女は家族たちを小脇にひっ抱え、デリケートな陽気さで、変容ただならぬ俗世に詩的なぐりこみをかけ、陣中突破をして来たかに見える。長編詩『とげ抜き　新巣鴨地蔵縁起』を読むとそんな気がしてくる。

本書に取り組む気持になったのは、そういう彼女の気合にひきずりこまれたからかもしれない。

さてそれで、いざ自分の死のこととなると、どう迎えられるだろうか。ここに尊敬おくあたわざる大先輩の名言がある。

死ぬというのは面白い体験ね。
こんなの初めてだワ。
こんな経験するとは思わなかった。
人生って面白いことが一杯あるのね。
こんなに長く生きてもまだ知らないことがあるなんて面白い!!
驚いた!!

二〇〇六年七月三十一日に逝去された、鶴見和子さんの最期のお言葉である。このお言葉を受けて弟俊輔さんが、
「そうだよ、人生は驚きの連続だよ」
と答えられ、お二人で大笑いなさったという(ご令妹内山章子さんの「闘病報告」による
――『環』二十八号、二〇〇七年、藤原書店)。

自分の死を、これほどからからと言いあらわした人は、めったにいないのではないか。
並々ならぬ意力で生きておられた和子さんの死を早めたのは同年四月から実施された老

人医療の改正である。非情きわまる悪法で、大腿骨骨折の手術を受けて間もなかった和子さんが直撃を受けられた。回復の見込みはないという理由でリハビリテーションをうち切られたのである。「老人リハビリテーションは機能維持のために大切」なのだが、和子さんは「この法は老人は早く死ねというのが主目標ではないか」と、死の前にはげしい言葉でおっしゃっている。鶴見和子という飛びきりの方に浅からぬご縁をいただいたわたしは、生前のお姿がまぶたをはなれない。

人生の終りには死がひとしなみに待っている。それまでの耐えがたい苦しみが消えるのである。最後の、とっておきの最大のたのしみ。終りの刻が、必ず来ると思えば、何という救いであろうか。できうれば三途《さんず》の川を渡ってすぐ、あの世の有様を現世にむかって報告したいが、どういう方法があるだろうか。

比呂美さんがあのとき持ってきて下さったさくら草が、まだ咲いています。

実生活と詩的表現両方に幻覚が生じる言葉によくおつき合いいただきました。もの書きとは一人の作業のようで、これほど人さまの心をわずらわす仕事もない。この度もヘルパーの米満公美子さんはじめ、いろいろな方々のまめやかなお世話を受けて形になりました。

そのお一人お一人に比呂美さんがゆきとどいた紹介を書いて下さいました。ここに深謝の意をのべさせていただきます。

第一章　飢えと空襲の中で見たもの

伊藤　石牟礼さん、今日はお体の具合、いかがですか。やはり動くのはきついですか？

石牟礼　私は進行性の病気（パーキンソン症候群）でしょう。だから進行しないように、部屋の壁に手すりをつけさせてもらって、つかまって毎日行ったり来たり、歩く稽古をしています。進行したら嫌だ、抵抗しよう、と思って……。歩けなくなったら、本当に困る。

伊藤　そうですね。

石牟礼　それで、ふつうに歩くときの第一歩は出ていけるのに、朝起きるときは、なかなかつらい。背骨が言うことをきかない。背骨がぴたっとくっついて寝床《ねどこ》を離れたがらない。

伊藤　まあ、背骨が……。

石牟礼　それで、ベッドに手すりをつけてもらっているのね。手すりに手はちゃんと届きますから、勢いをつけて「よいしょ」って、最初に起きないと。何遍も稽古してると、だんだんつらくなってきて。

伊藤　握力はおありになる？

石牟礼　ベッドの柵につかまる握力はあります。だけど、柵につかまって行ったり来たりするのは、握力も抵抗している。

伊藤　そうですか。

石牟礼　そして、字が思うように……。書けないことはないんですよ。ですけど、小さな字が書けませんね。日記のメモ帳の小さな字が書きにくい。ふつうの原稿用紙に書くぐらいの字は、やや書きやすい。

伊藤　でも、字を書くというのはご商売ですものね。書かざるを得ない内なるものがあるじゃないですか。

石牟礼　ええ、内なるものがいっぱい溜まっているの。だけど書けない。

伊藤　それは、どうしていらっしゃる？

石牟礼　溜め込んでいます。

伊藤　溜め込んでいらっしゃるんですか（笑）。私はまた、口述筆記で吐き出していらっしゃるのかなと思ったんだけど。

石牟礼　口述筆記はごくたまに頼んでいます。

伊藤　どうですか、口述筆記でも溜め込んだものを吐き出せます？

石牟礼　まぁ少しはね。口述筆記ってやってみると、とても照れくさくて……。

伊藤　そうですよね、わかります。直すのはどうするんです？　推敲《すいこう》するじゃないですか。

石牟礼　推敲はもう。こう赤線を引っ張るでしょう。線もなかなか難しい。なんて言うか、紙の上に字の着地感がないんです。宙に書いているみたいな。

伊藤　ペンを握る握力はあるわけですね？

石牟礼　まぁかろうじてありますけど、油断するとペンがぽとっと落ちそうで。

伊藤　ベッドの柵を握る握力と、ペンを握る握力というのは違いますか？

石牟礼　はい、それはちょっと違うので。食べ物をいただくときに指が箸を握るとき、元気なときは意識しないで箸の先の先のほうまで力が行くでしょう。病気になってみて初めて思うんだけれど、かろうじて挟んでいるけれど、箸の先のほうまで指の力が行かない。

伊藤　ははあ。それは食事も、あらゆることが、とてもご不自由ですね。

石牟礼　あらゆることが不自由です。

伊藤　スプーンなんかは？

石牟礼　スプーンねぇ。便利のようだけども。だから、ともかく油断はできないですね、指に力を入れるのは。お茶をどうぞ。

伊藤　ありがとうございます。ご本をお読みになるのは？

石牟礼　本を読むのは、とても不自由ね。目が、とみにここ十日ぐらい。十日ぐらい前、熊大（熊本大学医学部附属病院）に検査に行ったんですよ。目が覚めたとき、なんて言うか、だんだん消えていって今はないんだけれど、最初は朝、目が覚めたとき、ガラス板《ばん》の上に少し赤みがついた薄口醬油をこぼしたように、液状のものが散ったりくっついたりするように見えるんです。それで、家に来ているヘルパーさんが、「私の父がそういう状態があって、眼底出血だった」っておっしゃるもので、これは大変と思って行きましたら、「心配いらない」と。前に診察したのと変わらない、と。加齢によるそういう現象だそうです。

伊藤　目がお悪くなったのは、いつごろからですか？

石牟礼　目はしょっちゅう悪くなっているから。チッソの前で座り込みしていたのはいつだったか、あのころから、悪くなりだした。

伊藤　そんな昔から？

石牟礼　そのとき、見えなくなったんです。

伊藤　それはストレス性のものですか？

石牟礼　いや、もう飲まず食わず眠らずで、もう何年もだったですから。ストレスも無理もあるし、栄養も足りない、眠りも足りない。

伊藤　今のこの状態は加齢によるものですか？

石牟礼　それもありますよ。使い過ぎも。能力以上に、体力以上に使おうとしているから。

伊藤　いつごろから、すごく読みにくいなというのがありました？　ここ数年？

石牟礼　そうですね、読みにくくなるので病院へ行ったんですが、「読みにくくなるのが普通。年とともに読みにくくなるものです」と言われて、安心するやら、がっかりするやら。

伊藤　まだ、そんなお年じゃないですものね。

石牟礼　でもあなた、もうすぐ八十ですよ。

伊藤　いまどきは、まだ八十になるまでは中年のような（笑）。

石牟礼　でもねぇ。もう、そのぐらいの年だと「隠居《いんきょ》」というか。

伊藤　まぁそうですね、隠居ですよね。

石牟礼　ご隠居さんでございますよ。

伊藤　存じあげているから、「あ、石牟礼さん」と思うけど、よそで知らない子供が石牟礼さんを見たら、「おばあちゃん」と思うでしょうね。

石牟礼　思うですよ。

伊藤　そうなんです。この商売で、目が見えなくて本が読めないというのは、私はちょっと想像がつかないんですけれど、どんな……。

石牟礼　私も想像つかなかった。おや、こんなふうになるんだな、と思って。本が読めなくなるな、字が書けなくなるな、どうしようと。歌でも歌って、お弟子さんとって……。琵琶は持っているし（笑）。

伊藤　琵琶は練習なさいました？

石牟礼　してないけど。

伊藤　しなくちゃ（笑）。絶対いいですよ。ついて行きます。

石牟礼　たぶん、歌詞を忘れて、「伊藤さん、なんだっけ？」とか言って。

伊藤　じゃ、私はプロンプター。ああ、「瞽女《ごぜ》さん」ですね。

石牟礼　そう、瞽女さん。

伊藤　でも、今まで長い時間、物書きをずっとしてらしたでしょう。でもほら、間断《かんだん》なく本でもって知識を入れますでしょう。

石牟礼　あんまり本を読まないのね、私は。

伊藤　初めから？

石牟礼　初めからずっと、本当に本を読まない人で、水俣のことがたくさんあって、いろいろやったりとか、せわしなかったでしょう。でも、(『苦海浄土』) 第二部を書き上げたから、しばらくちょっとお休みをいただこうと思ってます。また未認定の人たちがどっと出たので、水俣は今、そういう状況じゃないんだけど。

伊藤　ああ、そうでしたね。

石牟礼　だけどもう、あとの人たちにお願いしようと。ちょっと私は体力がなくなっちゃったと思って。しかし「語《かた》り部《べ》」をやるというのは不似合だし。語り部だと言われてきたけど、違うんですね。これからのことはあんまり考えていません。困ったなぁとは思っていますけれど。

声が出なくなるかもしれない

石牟礼　今のうちから息継ぎとか稽古して……。この病気は、声も出なくなるんですって。

伊藤　声もですか。

石牟礼　それでね、いつか、「ＮＨＫのど自慢」を見てたらね、体ががたがた震えている人が立派に歌を歌っていたの。男の人が三つ鐘をとって、「僕はパーキンソンです」とおっしゃったの。「えー、稽古すれば歌を歌えるんだな」と思って。

伊藤　それはいくつぐらいの方でした？

石牟礼　私より若かったんじゃないかな。

伊藤　石牟礼さんのパーキンソンというのは、「パーキンソン病」ですか、それとも「パーキンソン症候群」ですか。

石牟礼　「症候群」なんじゃない。

伊藤　「症候群」。そうしたら、そこまで進行しないって聞きました。

石牟礼　そうですか。

伊藤　加齢によるものだから、本当のパーキンソン病のような進み方はなくて、ただ症状がとても似ている、と。それだけなんですよ。父のことでだいぶいろんなことを調べて、本人はパーキンソンと言われて、すごくショックだったんですけども。

石牟礼　あんまり私はショックは……。鈍感なのかしらね。まあ、水俣病の人たちとか、いろいろひどい人を見ているので、「私だけぴんしゃんしてては、申しわけない」というような気が、どこかでしていて……。これで人並みというか、水俣並みというか、そういう気もしているんですよ。

伊藤　でも、お電話でお話するときは、そういうのは全然感じないですよ。いつも明るい元気そうなお声で。

石牟礼　電話では、声を出さなきゃと思うんですよ。

伊藤　最近、父が電話で話していても、面と向かって話していても、声がかすれるんですよね。何を言っているのかわからなくて、いわゆる「痴呆」みたいなものはそんなにないので、「えっ？　えっ？」と聞き返すと、かすれた声で話す。だからやっぱり、その症状なのかもしれませんね。

石牟礼　ひと呼吸、あることを話すでしょう、そうしますとやっぱり、息が切れてくる。声もかすれてきます。もうかすれてくると思う。それで、呼吸法を稽古して、発声練習をして、毎日はやらないけれど、時々思いついて、歌ったり、「はぁはぁはぁ」とかなんか言ってみたりして。そして、新聞広告かなんかで、のど自慢、じゃあなかった、カラオケで自信をつけたい人はこれをしたらいいという、なんか道具の宣伝が載っているでしょう、そういうのに目が行ったりします。

伊藤　それをやってみて、効果ありますか？

石牟礼　何を？　道具？

伊藤　その発声練習とか。

石牟礼　いや、わからないですよ。だって、十日に一遍ぐらいしかやりませんし。

伊藤　そう、それは毎日やらなくちゃいけない。

石牟礼　毎日やると、呼吸器官のためにもいいんじゃないですか。

伊藤　声については、昔、竹内敏晴さん（注・演出家、「からだとことばのレッスン」主宰）の本で読んだことが、なんだか心にずっと残っています。

石牟礼　どなたですか？

伊藤　竹内敏晴さん。教育の現場で。中学の教師をしていたときに同僚にすすめられて。声をこっちの端から向こうの教室の端まで届かせるつもりで、出していく……。

石牟礼　その方は、演劇をやっている方？

伊藤　演出家だと思うんです。声とともに、自分を出していくんですよ。ちょっと問題が違うかもしれませんが。

食べ物をつくれないのが不自由

伊藤　そうしたら、食べ物をつくれないのがご不自由じゃありません？

石牟礼　不自由ですよ。

伊藤　つくりたいという気持ちはおありですか？

石牟礼　ありますけど。

伊藤　ふつう、ご飯はどうしていらっしゃるんです？

石牟礼　ご飯？　渡辺京二さん（注・熊本在住の思想家で石牟礼さんと長い付き合いがある）の差し入れ。ここはあの「人間学研究所」で、『道標《どうひょう》』『魂《たましい》うつれ』という人間学研究会の機関誌を出しているのね。渡辺さんは陰の所長さんで、研究員たちの食事もつくられます。わたしも居候《いそうろう》で。ヘルパーさんにお願いしたり。

伊藤　全部、渡辺さんがつくって……。渡辺さんのお料理はおいしいですものね。

石牟礼　なにしろ、ハイカラさんでいらっしゃるので。近頃は和食に凝っていらして。

伊藤　ははは（笑）。ご自分でつくりたいと思うことは？

石牟礼　そりゃ、つくりたいですよ。

伊藤　やっぱりそうですか。それで、料理はおつくりになれますか？

石牟礼　長く時間をかければね、できるんですけど、腰が痛いので立ってやれない。腰がものすごく痛い。

伊藤　それが、口惜《くちお》しいですよね。あんなにお料理が得意でいらして、そして、食べることに執着していらしたでしょう？

石牟礼　そうですね。

伊藤　そこから離れてしまうと、なんだか、生きる楽しみの一つが減りません？

石牟礼　減ります。自分で食べるというより、人さまに食べていただくのが楽しみだった。

伊藤　うん、私、一回も食べたことない……。

石牟礼　それは、しまった。

伊藤　今度、今度と思ってて。もう駄目ですね。食べておけばよかった。あ、一回あったかな。

石牟礼　何か簡単なものを、この次つくりましょうかね。

伊藤　ぜひ。そう言えばね、本当に一回、真宗寺《しんしゅうじ》だったかにうかがったときに、何か料理をタッパーに入れて持たせていただきました。じゃあ、あるんだ。ないないと思ってたけど。

石牟礼　ああ、何かそういうことありましたね。

伊藤　ありました、ありました。でも、またぜひ。なんて、ねだってるようですけど（笑）。

石牟礼　いや、何か簡単なものを考えて。

伊藤　このごろつくってないけど、食べたいっていうものはありますか？

石牟礼　つくれないことはないんです、ただ時間がかかるので、いらいらする。手が自由に動かないもので。そして、皮を剝《む》くこと、これが一番苦手。

伊藤　じゃあ私が助手として、剝いたり切ったりいたしましょうか。

石牟礼　そうね、それもいいでしょうねえ。

伊藤　だから助手でこうやって、石牟礼さんが味つけしてくだされば、どんな料理でもつくれる。

石牟礼　そうですねぇ。どんなって言われても、材料見てぱっとひらめく。これをつくろうと思っていても、材料によって考えが変わったりしますから、もう当意即妙でね、何ができるかわからない。

伊藤　一回しましょうね。小野さんが二年前ぐらいかな、「お正月特集で絶対この企画を」とか言って、結局駄目だったんですけど、石牟礼さんと私がお互いに食べさせたい物をつくり合って、それを前にして話をするという企画を考えたんです。なんか柔軟な、いい企画じゃありません？

石牟礼　小野さんって、熊日（『熊本日日新聞』）の？

伊藤　そう、熊日の小野由紀子さん。面白いなと思ってたんだけど、あれは残念なことをしました。

石牟礼　それで、冬は、お野菜がおいしいですよね。

伊藤　そうです。そしたら私は何を……。

石牟礼　難しーい料理じゃなくてね、ごくごく平凡なお料理で、しかし、よーく丈夫に育ったお野菜を使って、そして地鶏なんかでちょっとタンパクもあったほうがいい。お魚もちょっとあったほうがいい。

伊藤　おつくりになるのは野菜のお料理のほうが主ですか？　お魚じゃなくて。

石牟礼　「お料理」というような、「お」がつくような料理でなくて、「食べごしらえ」。

伊藤　「食べごしらえ」、いい言葉ですね。

石牟礼さんの印象に残っている死についてうかがいたい

伊藤　今回、テーマが「死」なんです。何からうかがったらいいのかなと思っていて。まず私は、身近な死、「身近な」というのは変ですね、石牟礼さんが今までご覧になった死で、「ああ、これは話したい」と思うような死がありましたら、それをまずうかがいたいと思うんです。

石牟礼　まあね。たくさんの死を見たり聞いたり、ずーっとそれは小さいときからね、話したいというよりも話したくないという、そういうのはありますね。ずっとそれを考えているけれど、話すのはつらいというのが。

伊藤　じゃ、あんまりつらいことはやめましょう。

石牟礼　いや、この際だから、言っておいてもいいですよ。

伊藤　では、どうやって、近い人の死というのを見てきたのかなと思って。私は今、親を看《み》てますでしょう、いずれ死にますよね。父は九十いくつまで生きると言ってますので、あと十年くらい。

石牟礼　ご自分でおっしゃっている？

伊藤　言っています。本人がそのつもりだったら、あと十年生きてくださいと思う。母は、「そんなには生きたくないわ」と言いながら、父が死ぬまでは生きていたいと。母は病院で、父は家でお互いに離れて住んでいるんですけど。

石牟礼　大変ねえ。

伊藤　遠隔操作で寄りかかり合い、と言ったらいいんですかね。ただやっぱり、年寄りを見ていて、「この人たちが死んでいくのを見ていくんだな」と思って、自分の祖父母のことを考えると、私は二人とも、父も母も祖父も祖母も両方ともいて、全員四人とも八十ぐらいになってから、皆死んだんですよね。どんなふうに死んだか、あまり覚えていないんです。おじいさんが病気だというのを聞いて、父が何回か行ったり来たりしつつ、病院で死んだ。おじいさんも死んだ、おばあさんも死んだ。唯一覚えているのは母方の祖父で、家で死んだんです。でも彼だけでした。家で死ねたのは四分の一の確率。私が十五、六歳のときですものね。だから、もはや病院でしか死ねなくなったんだな、という気も今はしていますね。

石牟礼　以前は病院で死ぬというのは、考えられなかったです。家で死ぬのが当たり前で。

伊藤　石牟礼さんは私より二世代ぐらい上でしょう。だから、そのときの年寄りはどうやって死んでいったのかというのを知りたいんですね。

飢えの経験

伊藤　石牟礼さんのお小さいころは、周りに死体がごろごろしているようなことがあったんでしょうか？

石牟礼　そんなことはない。死体がごろごろというのはないですよ。ただ、死にゆく人たちの話というのは、しょっちゅう身の周りにありました。

伊藤　やっぱり飢饉があったり、周りの農村で生活が苦しいという中で、亡くなっていく方が多かったと、そういうことはあったんですか？

石牟礼　飢饉に近いのは戦中戦後ですね。

伊藤　ああ、太平洋戦争の間と直後ですか。

石牟礼　あまり一斉に皆そうだと、特別な死というふうに考えないんです。

ただ、そのときにつらかったのは、これはどういう状況と言えばいいのか、子供たちが畑の物とか盗みに行くことですね。それは親が行かせたのかもしれないと思うケースもありました。捕まったときに、子供をとても残酷に扱う大人と、そうでなく扱う大人とおりますから。情け容赦もなく、その子をぶっ叩く。なすびを盗るときは、急いで採るから、なすびの苗が捩《ね》じれますでしょう。そのあとは、実が成らない。それではお百姓さんは怒りますよね。かぼちゃなんかも、ツルごと持っていくことがある。子供だから採り方がわからないんです。畑泥棒をすると、すぐ親の顔がわかるわけです。黒あざの残るほど、ぶっ叩いて。手加減はしていたと思うんですが。

伊藤　石牟礼さんはそのときは、大人、あるいはちょっと手前ですか？

石牟礼　まだ十代でしたね。捕まえた人は、「親が行かせたんじゃろう」と言って怒る。親は皆知っているわけですからね。

伊藤　お互い皆、知り合いなわけでしょう。

石牟礼　子供は「堪忍してください」と謝りよるんですが、それなのに棒でぶっ叩いて、その傷を「親に見せろ」って言ってねえ。百姓でない家の子が盗みに来て。一番ひどかったのは、疎開した子供たちが、近郊農村で大変迷惑がられていたという話を聞くでしょう。ああ、そうなっているのかと思って。そういう家から死者が出ると、「飢え死にしなはったげな」って。だけど、そうそう村全体が冷たいわけじゃない。やっぱり涙する大人たちもいるんですね。そういう話を聞いて、「子供をそぎゃん、むごか目に遭わせるんもんじゃなか」って、うちの母なんかは涙ぐんでましたけれど。そうすると、そういう家を中心として村全体が、やっぱり捩じれるというか、ひび割れるというか。そのことは長く記憶に残りますからね。

伊藤　では、そういうことは、そんなにしょっちゅうあることじゃなかった？

石牟礼　しょっちゅうあることではないんですけど、いつあっても不思議でない雰囲気というのはありまして。やっぱり徹底的に人間の弱い部分というか、本能というのを見た感じがしました。戦争中、とくに戦争末期ですね。

伊藤　本で読んだことはありますが、本当に食べる物がなかったんですね。

石牟礼　なかった。戦争中、私は代用教員でした。戦争に行ったりして男の先生たちがいないから。皆まだひよひよ、ピヨピヨなので、一人前の顔はしませんけれど。自分たちも食べなきゃいけないと、食料を求めに行きますでしょう。代用教員の卵たちは合宿していて、食料を自分たちで調達してこなきゃいけない。お百姓さんの家に「かぼちゃを分けてください」とか「唐芋《からいも》（さつまいも）を分けてください」と頼む。主食はかぼちゃか唐芋で、ほかにないから。「ちょうだいに来ました」と行くでしょう。皆、お腹が空いている。「まだ、あと二ヵ月置かにゃ、芋にちゃんと実が入りませんけど」と、そういうのを掘りあげてくださるのが、気の毒でね。その細ーい、このぐらいの芋を分けてもらって、蒸す。お皿を並べて、芋を半分に切ったり三分の一に切ったりして分ける。もう、食べる物はそれっきりしかないんですね。

私が最年少で十六歳だったけれど、女学校出た人たちは二つくらい上で、十八、九歳の少女たちですよね。皆、お腹が空いている。芋を配って、「ご飯ですよ」と鐘を鳴らす。一斉に待っていて、ぴゅーっと飛んでいって、裁縫台に並べているのを、大根足で飛び越えていく。転んだりして、こけつまろびつして。お皿の前へ行くときに、ひと目でぱーっと、少しでもお芋の大きいのがわかる。そこへ殺到していくわけね。量るわけではないから、平等にと思っても大小が出る。そうすると、一番大きいほうを目がけて、今から先生になろうという人たちがですよ、こけつまろびつして飛んでいく。浅ましいというか、情けないというか……。そういう日常を朝晩見ているんですね。

水俣の空襲

石牟礼　それと、空襲のときに、最初に防空壕に入った人たちが、あとから来る人たちを蹴り上げてね。自分たちは早く入ったからアメリカの飛行機から見えない、あとから来る者が走ってくると、「あんたたちが来るのが敵機から見える」「来るなー」と言って、足で蹴り上げていました。水俣駅の前だったけれど。そうすると、あとから行った人は、「なんば言うか」と言いながら、先に入った人の足を引っ張り出すんです。それで自分たちが入ろうとする。

伊藤　うわぁ、浅ましい。

石牟礼　そういうのがあったんですよ。それで、「ああ、これはもっと状況が逼迫《ひっぱく》すれば殺し合うな」と思いました。それが銃後の民《たみ》の姿だったですよ。

伊藤　やはり水俣は、チッソ（当時は日本窒素肥料）の工場もあったから爆撃されたんですか？

石牟礼　爆撃されました。戦争末期でね、もう日本には飛行機はおらんと、みんな思ってた。普段、あまり飛行機は飛んでこない。

伊藤　水俣のその空襲では、だいぶ犠牲者は出ました？

石牟礼　空襲で水俣工場が直撃されて。目の前で見ていたけれど、死体は見ませんでしたけれど、爆撃されたときは水俣駅でした。汽車通学だから、駅で待っていると、空襲警報というのがあって、そうすると汽車が来ないわけです。鹿児島のあたりで止まっている、二時間延着とか三時間延着とか表示が駅に出る。工場がその駅の目の前ですからね。工場の正門がありますけれど、あのあたりは一段低い田んぼ地帯でした。
　空襲警報が出て、乗客たちはたむろしているんです。二時間か三時間か待たにゃ、来んな」と言って、「ああ、また今日も汽車が来ん。空襲警報がウーウーとサイレンで鳴って、鳴りやんだあと、ぶんぶんぶんぶんぶん飛行機が飛んできたんですよ。「あら、日本にも飛行機は、おったたい」と言って、「ほんと、おったね」と皆で喜んで、数えていたんです。二十七機まで飛んできた。そしたら、水俣工場の上空でぐるぐる旋回をはじめてね、一機、二機と急降下していく。「あらぁ」と言っていたら、ニュース映画で見るような爆弾が、ゴーッと……。「あら、アメリカの爆弾にえらい似とるねぇ。ひょっとして爆弾じゃなかろうか」と。「わあ、これは日の丸じゃなかぞ」って。急降下してきたら見えたんです。

伊藤　まあ。

石牟礼　爆風ってすごいのね。ふわーっと来るんですよ。そういうときは、鼻を塞《ふさ》いで、耳を塞いで、口をはあっと開けておかにゃいかん、と訓練もありましたから、そうやって、防空壕に入らないといけない。入れない人たちは、私もそうですが、それはチッソと水俣駅の間ぐらいの田んぼの縁に小さな桜の木が植わっていて、人の丈ぐらいかな、小さなまだ稚木《ちぎ》ですよね、枝がひょろひょろっと五、六本出ている。「寄らば大樹の陰」と言うけど、そんな小さな木の下に入ろうとする。「ほぜ」という巻き貝があるけれど、その巻き貝は、何かあると頭をくっつけあって、星の形に並ぶんですよ。

伊藤　ほで？　ほぜ？　どんな貝ですか？

石牟礼　ほぜ。お尻の長ーい巻き貝。わりと川縁《かわぶち》なんかにもたくさんいるんですけど。その桜の木に十人ばかりも隠れたつもりになる。たぶん飛行機からは見えるので、陰なんかにならないですよ。そこでも、木に近寄ろうと引っ張りっこ。ああいうとき、自分のことしか考えないんです。防空壕の中もそうだったけど、桜の木もね。

そのうち、工場の中から裸足《はだし》で工員の人たちが、ぞろぞろぞろぞろ走って出てきました。女の人たちで、きっと徴用されていた女学生たちだったんですね。「やられた、やられた」と口々に言って。工場の防空壕の中で直撃を受けて、十九人が死んだということでした。

伊藤　その桜の木にいた方たちは、なんとか助かったわけですか？

石牟礼　はい。でも機銃掃射が通っていくのが、わかりましたよ。

伊藤　機銃掃射って、飛行機が上から狙って、ダーッといくわけですか。
石牟礼　はいはい。パッパッパッパッと土煙が……。
伊藤　まああ。どんな気持ちでした？
石牟礼　怖かったですよ。
伊藤　やっぱり「怖い」という気分が一番ですか。
石牟礼　一番ですね。それから、要するにそれを「観察している自分」と。
伊藤　私はそこまでは、自分がそういう身の危険、命の危険という場面に出会ったことはないんです。そのときは、やはり怖い？
石牟礼　はい。自分も防空壕に入りたい、桜の木の下に行きたいけれど、やっぱり、なぜかそこには行かないで見ている。
伊藤　石牟礼さんは行かないで見ているほうなんですか。そのとき、どこにいらっしゃいましたか？
石牟礼　すぐ至近距離にいるの。それはもう、十歩ばかりで目撃する距離にいる。その人たちが「南無阿弥陀仏《なんまんだぶ》、南無阿弥陀仏《なんまんだぶ》」と言うのは、おかしかったです。たぶん、とてもふつう、神信心、仏信心をしそうな人たちじゃないんですから。苦しいときの神頼みと言うでしょう。それで「南無阿弥陀仏《なんまんだぶ》、南無阿弥陀仏《なんまんだぶ》……」と一人が言うと、「しっ、敵機に聞こえる」と誰かが言うんですよ。

伊藤　まあ、聞こえはしないだろうけど（笑）。

石牟礼　そう言うんですよ。そういうのを目で見て、耳で聞こえる距離にいました。「しーっ、敵機に聞こえる。南無阿弥陀仏《なんまんだぶ》、言うな」って（笑）。

人間ってこんなものか

伊藤　石牟礼さんは、じゃあちょっと離れた至近距離にいらして、何もないということでしょう。何をしていらしたんですか。どんなふうにそれを見ていらしたんですか。

石牟礼　何もしない。まあ、ぼーっと立ってたんでしょうね（笑）。

伊藤　助かってよかったですね、本当に。何か口に出して唱えることはありませんでした？

石牟礼　助かってよかった。何か口に出したかどうか覚えがないけど、しなかったでしょうね。もう、半分は、「ああ、人間ってこんなものか」って強く思いましたね。浅ましいなぁ。それから「これじゃ、勝てるはずがない」と思いました。

伊藤　戦争に勝てない。

石牟礼　どんな民族かと思って。

伊藤　でも、それは勝ったほうだって、そういう状況じゃ、同じことをしたでしょう。それで、水俣の空襲のときに、お知り合いの方とか親戚の方とかで亡くなった方はいらしたんですか？

石牟礼　知り合いでは幸いなかったですけど……。

うちの近所の田んぼの中にも一発、爆弾が落ちて、びっくりしましたけどね。その代用教員の合宿所のそばにも爆弾が落ちました。爆風の威力というのは、人間の首も足も腹もぶった切っていくんですけど、それは見たことはなかったけど、植えたばかりの稲田《いなだ》が、円形劇場に人間が並んでいるように、落ちた周りがこうきれいに、人工的に切ったかのように……。人工的に切っても、あんなにきれいにできないです。大きな苗じゃなくて、植えたばかりのひょろひょろしている苗が、植えて二十日ぐらい経ったような苗でしょうか、それがきれいに切り揃えたように上のほうがなくなっていて、本当にぞっとしました。人が立っていたら、足から切れる人、腹から切れる人、首から切れる人になるでしょうね。

伊藤　それはやっぱり、腹がちぎれるだろうなと想像しましたか？

石牟礼　しました。空襲警報が鳴ったら、やっぱり防空壕に駆け込んだほうがいいというのが、よくわかりました。それまでは村の中に残っていたお年寄りで元気のいい男の人たちは、「空襲警報」と言って回るんですけど、「敵機が来たら、撃ち落とすけんな」とかなんとか言っていたんです。けれどもその田んぼを見てからは、「日本軍が撃ち落としてくれる」と言わなくなりましたね。撃ち落とす鉄砲もないし、大砲もないし機関銃もない。真っ先にその人が「防空壕に入りなさい」と言ったという話がありました。

物資欠乏と竹槍訓練

石牟礼　空襲もそうだけど、人間って、いざとなると浅ましいですよ。さっきの作物泥棒だけれど、私は半分は盗ったほうに同情している。そのかぼちゃのツルを盗っていこうとして見つかった騒動の中で、かぼちゃのツルが葉っぱごとひっくり返ったのを、ありありと思い出します。盗られたお百姓さんも困るだろうなと思って。私も農家の手伝いをするでしょう、農家と言うか、わが家も農家ですから、かぼちゃのツルを採ってはいけないこととか、よくわかるわけです。それと、お百姓さんじゃない家の子が盗りに来るというのにも同情するし。私は至る所で立ち往生していました。

伊藤　ずっとその姿を見ていらした？

石牟礼　見ているんですね。そして、代用教員で家庭訪問をするでしょう。男のいない家は本当に悲惨というか、残された奥さんたちが苦労しているのをね。

伊藤　それは男はどこに？　皆、戦争に行っている？

石牟礼　戦争に行っているんですよ。

伊藤　戦争に行っている間、奥さんたちは食べる手段ってあるんですか。

石牟礼　まあ百姓の手伝いに行くとか、何をしていたんでしょうかね。

伊藤　軍隊からお手当てがもらえるわけじゃないんでしょう。

石牟礼　ないですよ。だからもう、耕せる所は畑じゃない所も耕して。唐芋の葉っぱまで食べていましたからね、ツルも。

伊藤　そのとき、石牟礼さんは十五、六歳ですものね。

石牟礼　私？　そうですね、十六、七歳です。何をして食べていたんでしょうね。

伊藤　石牟礼さんは代用教員の給料はもらえたんですか？

石牟礼　はい、出ました。

伊藤　でも、それで買う物がないわけですね。

石牟礼　ないんです。ないというか、私は弟や妹たちに筆入れとかランドセルとかズックの靴とか買ってやりたいんですけど、それがお店屋さんにないんです。
そして、先生方もいなくなるから、九十人学級になったりするわけです。子供たちを分けて、代用教員の受け持ちにするんだけれど。九十人にもなったら、あなた、一人ひとりの顔をちゃんと見ることもできないですよ。学校は空襲の的《まと》になるからと、小さなお宮の境内に分散して、分散教育とか言っていたけれど（笑）。連れていって授業をしようとすると、お宮にはだいたい大きな木があるんですよね。男の子なんか木に登って聞いている。それもまあ、楽しかったですけどね。
伊藤　楽しそうですね（笑）。
石牟礼　足をブラブラさせて、私より高い所に生徒がいて、「先生」とかなんとか言って（笑）。それで、そんな一学級に、靴は半年に一足、配給が来るくらいで。服もちぎれて、ボタンもないんですよ。物資がなくなるというのは、そういうこと。それで、ボタンがないから縄の帯をして学校へ来る。雪の日は、傘もないし帽子もありませんから、雪が服の中に降り込んでいるんですよ。教室へ来ても寒くて勉強にならない。足をガタガタ、ガタガタさせている。

伊藤　それだけ食べる物がなくて、そんな状態だと病気にもなりません？

石牟礼　皆、病気というか、栄養失調になっているんです。風呂にもろくろく入れないから、おできができているし。

校舎の中は埃《ほこり》だらけ。靴がないから、かろうじて藁草履《わらぞうり》を自分たちで編んで履いていた。子供でもつくれるし、今も私はつくれますけれど。それも満足な物ではなくて、後ろや鼻緒が切れたような物を履いていて上がってきますから、教室が汚れてね。「足を洗って上がれ」と言ったって、足を洗って上がったら、なおさら汚くなるような。そして、ガラス戸は破れてますしね。

伊藤　今では想像できないですね。

石牟礼　そして、銃剣術《じゅうけんじゅつ》の稽古を女の人にさせていました。竹槍で。

伊藤　なんですか？　皆でやるやつですね。

石牟礼　さっき言った男の人が号令をかけて、女の人たちにやらせていたんですよ。それが、空襲後やらせなくなった（笑）。

伊藤　もう、どうしようもないと思って？

石牟礼　でしょうね。怖かったんだろうと思います。竹槍なんかでねぇ。

伊藤　竹じゃね、確かに、どうしようもないですよね。

石牟礼　あとで、沖縄の戦闘をニュース映画で見ましたが、本当にどうしようもないですね。洞窟の中まで、アメリカ軍は火炎放射器なんかでやるでしょう。

伊藤　竹槍って、単に竹を切っただけですか？

石牟礼　竹を尖《とが》らせたもの。アメリカ軍が上陸してきたら、竹槍で女も戦わにゃならん、と言って。私、その訓練は、最初から嫌いだったけど。だって、藁の人形《ひとがた》を立てて、それに向かって突く稽古をするわけですからね。実際に、ここが心臓で、ここがお腹で、急所はここだってね。人殺しですよ。人殺しの稽古はいくら敵でも、したくないです。肉体的に嫌ですよ。「死と向き合う」というのは、人を殺すようなこともその中に含まれるわけですから。自分のほうが先にやられるかもしれないけど。人の生身《なまみ》を竹槍で突くなんて、もう嫌ですよ。幸い私は教員をしていたから別だったけれど、村の婦人会には「処女会《しょじょかい》」ってあったの（笑）。

伊藤　しょじょ会？　しょじょというと、あの、処女？

石牟礼　処女会ってあったんですよ。処女会の人たちを集めて、その竹槍訓練をやらせてました。

伊藤　中年のおかみさんたちは、やらないんですか？

石牟礼　中年のおかみさんたちもやらないことはなかったけど、あまり見なかった。

伊藤　なんで、その処女だけ集まってやっていたんでしょう？

石牟礼　まあ、元気がいいからでしょうね。

そのころ、お年寄りはどうしてましたか

伊藤　そういう時代って、お年寄りはどうしてました？　今、私たちの周りって、お年寄りがいっぱいいるでしょう。

石牟礼　年寄りたちは、草をむしったりしていた。食糧増産の時代で、あらゆる所で、道でも、舗装された車の通る道じゃないですから、道幅を狭く削って畑にしてましたから。それと草鞋《わらじ》を編んだりね。草鞋を編むのは、もっぱらお年寄りの仕事でしたね。あれは二日ももちませんからね。

伊藤　そうなんですか。でも、今はもっと、まったく何もできないで、死ぬのを待つみたいなお年寄りが、周りにいっぱいいるじゃないですか。そういう人たちは、そのときはどうしていたんでしょうか、どこにいたんでしょうか？

石牟礼　平均年齢が、平均死亡率がもっと若かったんじゃないですかね。

伊藤　いくつぐらいだったと思います？

石牟礼　いくつぐらいだったかな。七十歳ぐらいだったかな？（注・簡易生命表によると、平均寿命は一九四七年で男五〇・〇六年、女五三・九六年。二〇〇四年で男七八・六四年、女八五・五九年）

伊藤　今は男の人で七十八歳くらいで、女の人は八十代半ばぐらいでしょう。その違いはありますね。でも、銃後には年寄りがいたはずですよね。どうしていたんだろう。

石牟礼　畑の仕事って大変なの。毎日草が生えてくるし。もう三日も行かないと始末に困るほど、草が伸びるんです。だからたぶん、主に年寄りは畑をやっていたんですよ、草取りなどを。じーっとしている人って、そんなにいなかったような気がする。

伊藤　いなかったでしょうね。ただ、大変ですよね。お年寄りで、パーキンソン症候群かなんかになったら、草取りもできませんし。

石牟礼　パーキンソンは、私これは、食品とか環境の病気じゃないかと思っているんです。食べ物の中に、いろいろ入っているでしょう。

伊藤　添加物とか？

石牟礼　想像以上に入っていると思う。それと、気化している有害物質による環境汚染というのがあるでしょう。それのせいじゃないかと思う。昔は聞いたこと、なかったですもの。

伊藤　ああ、そうですか。じゃ、同じような状態にあったお年寄りって、目に焼きついていたりしませんか。「昔、こんな人がいたな」みたいな方は?

石牟礼　それは、手が震えるとかありましたけれど、年寄りになると手が震えるものと思ってましたから。

伊藤　私も実は覚えがないんですね。祖父は脳溢血《のういっけつ》で、後遺症は残っていたけど、パーキンソン病じゃなかったし、祖母も違ったし。別の祖父も祖母も違ったし。だから、たしかに、そういう環境の汚染が影響しているのかもしれませんね。

石牟礼　そのころの日常というのは今とだいぶ違う。何をしていたかと言われると、男の人はたいがい、おじいちゃんになっても、ポンプが壊れたのを修繕するとか、家のあちこちが綻《ほころ》びるのを自分たちで修繕したりしていた。トンカチがあって、たいがい年寄りたちは、家の修繕とか道の修繕とか、木を切りに行くとか、束ねるとか。

伊藤　かなり元気な年寄りじゃなくちゃ、できませんね。

石牟礼　皆、元気だったですよ。

お年寄りも「この世に用があって生きている」

伊藤　じゃ、元気じゃなくなったら、どうなったんでしょう。

石牟礼　元気じゃなくなったらどうなるか、というのは今の問題で、元気がなくなっても、そのころはたいがい、「生きることは、この世に用があって生きている」という感じを持っていた。何か小さな仕事でも、この世に用がある。用を足していたと思います。最近はほとんど見ないけど、おじいちゃんが孫の子守をしている、おんぶしてたりして、そのころ村の中では、おばあちゃんたちでも、よその子の面倒を見ていました。

伊藤　そのころは、そうだったんですか。

石牟礼　子守をするんですよ、よその子でも、そこに子供がいれば。そして、村の子たちをよく見ている。どこの家の子がどういう癖があって、どういう遊びをしているかというのは、年寄りたちの頭にあるんです。それで、適切な声をかけて、「そこへ行ったら駄目」とか、「こっちへ来なさい」とか言って、二、三人、年寄りが集まっていると、周りには子供が七、八人、年寄りの数よりも子供がたくさんいる。

伊藤　村で年寄りに、「子供の面倒を見てくれ」というようなことを言ったわけですか？

石牟礼　言わない。言わないけど、面倒を見ている。自分たちの孫の続きというか。それで子供たちを容赦なく怒ったりね。村の子を年寄りたちが躾《しつ》けていました。

いろんな役目があって、たとえばご飯を炊くのには、竈《へっつい》でしたから。それで、鍋釜のお尻をしょっちゅう磨く女は、手のひらには皆、黒いシワが入っている。洗っても取れない。それがふつうで、それをおばあちゃんたちがやっていた。

そして、薪《たきぎ》を山に取りに行くか拾いに行くかもありました。生木《なまき》は燃えないから立木から枯れている枝を選ぶ。枯れている枝なら、自分の山でなくても取っていいし、また川や海辺に流れ寄ってくる薪になりそうな木を取りに行くこともあった。水も水道をひねれば出てくるわけじゃない、水道は普及していませんから、遠い井戸まで水を汲みに行く。洗濯をするのも水を汲みに行かないとできない。一日中、何かあるんですよ。私もそういう生活をしてきたの。

伊藤　何かあるんですね。

石牟礼　何か家事がある。

伊藤　それは、今と違いますね。今だって、何か用のある人は何か仕事があるけど、何もできなくなっちゃった人は何もできない。で、また何もできなくなっちゃった年寄りがたくさん、何もすることがなくて、ぼーっと暮らしていますよね。

石牟礼　それも、不幸ですね。

伊藤　でも、何もできなくなっちゃった時点で、昔、年寄りはどうしていたんでしょう。だって、やっぱり年取ってきたら、体が動かなくなる。あちこち麻痺する、歩けなくなる、いろんな障害が出てきますね。

石牟礼　そういう年寄りは、あんまり見たことないですよ。

伊藤　それはどうしてたんでしょう。

石牟礼　そんなになった人は……。なんて言うか、ちょっと年取った人たちが皆で村の子供たちを見ているでしょう、そういう人たちはそこへ遊びに行くの。語り合うというか、「遊びに行くよ、ばあちゃん、出てこんな」とか言って皆の所に誘って、何もせずに向こうにこうして、皆が遊ぶのを見ている。

うちの母も、「このごろ子供の声がせんねぇ」と言って、何もできなくなっても、村の様子を目で見たりして耳で聞いているんですね。

伊藤　なるほど。そしたら……。

石牟礼　よその子が遊ぶのを聞いても楽しい。心慰められる。「あの子の声がこのごろせんから、病気じゃなかろうか」とか言ってましたよ。

伊藤　つまり、何もできなくなっちゃった状態でも、心の繋がりは……。

石牟礼　繋がりがあるんですよ。

伊藤　で、社会的な繋がりもあるんですね。

石牟礼　はい、あるんです。田んぼをつくらなくなった隣のおばあさんが、私の家の田んぼに雀が来たりすると、縁側から大声で、ほう、ほう、と叫んで、雀を追ってくれたりしてました。

伊藤　今はそれ、ないですね。今からそういうのを持てといっても、なかなか持ちませんよね。

石牟礼　今のままだと、なんて言うのか、「死相を浮かべた国」というか、浮かべていく国というか、なりつつある。

伊藤　なっているような気がします、おっしゃるとおりだわ。みんな、死ぬのを待っているんですよ。

石牟礼　はい、待っている。

伊藤　でも、死ねないでしょう。

石牟礼　生きながら、「死相を浮かべている国」になっているんじゃないでしょうか。

第二章

印象に残っている死とは

祖母の死

伊藤　今まで石牟礼さんが出会ったいろんな方の死というのがあると思うんです。おばあ様からおじい様からお父様からお母様から……。それは待っているような死ではありませんでしたか？

石牟礼　それではなかったですね。最期まで生ききっていた。病気で起きられなかった時期はありますけども。

伊藤　おばあ様はいかがでした？　気がふれてしまったおばあ様。

石牟礼　本人はどういうふうに感じていたのかと思うんですけど、動けなくなってからもどこかをさまよっていて、やっぱり、何を言っているのかわからないんです。うちの父はあらためて感心だなと思うけれど、その祖母には言葉遣いも態度も、何様を敬《うやま》っているかと思うほど、かしずいていました。

伊藤　たとえばどんなふうに、どんな言葉遣いで？

石牟礼　祖母のお膳というのがあって、引き出しのついているお膳ですけれど、父は食事を持っていくんです。「さあ、遅うなりました。早う、上がってくださりませ」と言いながら、うやうやしく持っていくんです。祖母は言葉は言わないけれど、黙ってお辞儀しましてね。だから、私たちも祖母にはそうしなきゃならんと思っておりましたね。お茶碗の中に食べ物が入っているときは、子供はこぼして危ないから父が出して、お膳を引くときは私が引いておりました。母親はいちいち父にお礼を言いよりましたね、「すいません」と。

伊藤　お父様は初めから、そうやっていらした？

石牟礼　してましたね。それで、祖母は、知らない人が近づくと、こうして「来るな」というう、何か結界《けっかい》を結ぶようにして、手でこうして（引いて）、「近寄るな」というように動かしていたんですよ。父には、そんなことしなかったです。

伊藤　おばあ様がそんな状態になって、記憶に残っている一番小さなときは、石牟礼さんはおいくつでしたか？

石牟礼　物心ついたときは、もうそんな状態でしたからね。母が死ぬ前に聞きました。母が死ぬ十日か一週間ぐらい前に、一遍聞いておこうと思って、「いつごろから『おもかさま』は、ああいうふうにならしたと？」と聞きました。そうしたら、しばらく考えてから、「自分が十の時分じゃったろうか」と申しまして、大変びっくりしました。

伊藤　まあ、ずいぶん昔に。お母様のほうのおばあ様ですね？

石牟礼　母の母ですけれども、十の時分から。

伊藤　そうしたら、すごく丁寧に接していたお父様というのは婿だった？

石牟礼　婿です。

伊藤　お母様が十歳ですか。じゃあ、それはそれで苦労なさったでしょうね。

石牟礼　「まあー」と、私は非常にショックで。私にとっては祖母で、私が小さいときからの覚えがありますけど、自分の実母が十の時分からそういう心がけをしていたというのがショックで、母に「さぞ大変やったろうね」と言いましたら、「いいや、自分のほうが親にならんば、と思いよった」と。これにまた、びっくりしました。自分のほうが親にならうと思っていたと。

伊藤　ならんば？　どういう意味ですか？

石牟礼　「ならんば」です。つまり、ならなければ。「親のつもりにならなければ」と。私は絶句しました。

伊藤　おばあ様の状態は、当時の言葉で、なんて言い表わしたんですか？

石牟礼　「神経殿《どの》」と。

伊藤　神経衰弱の神経ですか。「しんけいどの」。「殿」っていう敬語表現がいいですね。

石牟礼　子供たちが、「神経どの～」とかなんとか（笑）。

伊藤　神経という言葉もちょっと意外で。意外だけど、いいですね。

石牟礼　あまり、よくは聞こえなかったですよ。

伊藤　今聞くと、すごく新鮮だから。

石牟礼　今はあんまり言わんですね。

伊藤　それで、おいくつで亡くなりました？

石牟礼　七十八か九歳ですね。

伊藤　最後のほうは、体はぴんしゃんしていましたか？

石牟礼　足は片方が不自由で、引きずっていましたからね。

伊藤　やっぱり、かなりご不自由な状態で。

石牟礼　はい、町を徘徊していました。

伊藤　一番最後のほうまで？

石牟礼　最後はもう、引き籠もって座って。

伊藤　寝たきりというんじゃないんですね。

石牟礼　寝たきりじゃなかったですね。きちんと正座して。
伊藤　ずっと座って？……
石牟礼　あれは意味がわからないけれど、緑色の唐草模様の風呂敷を持っていて、風呂敷の中に白無垢《しろむく》を入れて、もう何十年も持っているから変色して、しみが入ったりしているんですけど。
伊藤　それは死の覚悟とか？
石牟礼　花嫁衣装なんです。
伊藤　花嫁衣装ですか。ああ、なるほど。
石牟礼　それを風呂敷から出しては広げて、盲目でもわかるんですね。昔の人は、どんなふうに縫ってあるか、袖がどこで衿がどこでとわかる。広げたり畳んだり、そして最後にはきちんと畳んでまた風呂敷に入れる。
伊藤　それを何十年も……？
石牟礼　何十年も。
伊藤　それは、ご自身が着ていらした物でしょうか？
石牟礼　でしょうね。

伊藤　亡くなるときには、ご病気で亡くなりました？

石牟礼　まあ、風邪で衰弱死のような。風邪で死ぬのはなんて言いますか？

伊藤　肺炎。周りの家族たちは、どんなふうに、おばあ様が老いていったことや、最終的には人間の一生だから死がありますよね、どんなふうにそれを受けとめていたんだろう。

石牟礼　まあ、「やっと楽にならいましたねえ」って、皆で言いました。可哀そうでしたからね。

伊藤　楽にね。

石牟礼　なんで、あんなに狂わなきゃならないのかってね。

あの世は「良か所」

伊藤　今、「楽になられました」というふうにお話になりましたね。

石牟礼　「やっとお楽にならいました」と。

伊藤　そうすると、次の世というのは、意識としてはないわけですか？

石牟礼　私？

伊藤　いえ、「楽にならいました」と皆が言いますね。そしたら、次の世というのは、意識のうえではないわけでしょうか?

石牟礼　次の世というのは、あるんだと思いますよ。「次の世は良か所に、行かれませ」って、言いますよ。亡くなったあとで、体を清めてあげるときに。

伊藤　その「良か所」というのは、どこですか?

石牟礼　「お浄土」でしょうね。

伊藤　やっぱり浄土ですか。なるほど。「良か所」って、いい言葉ですね。最近、なんでもかんでも「天国」と言うでしょう、天国のお父さんへとか。

石牟礼　天の声がしたとか?

伊藤　いや、「天国」という言葉を「良か所」の代わりによく使うんですよ。本来、仏教だと「天国」とは言わないでしょう。だけど今、お葬式を仏教でやっても、「天国にいるお父さんへ」とか、そういう感じで、「天国」という言葉を使うわけなんです。

石牟礼　使うんですか。

伊藤　使っているみたい。『新・お葬式の作法』(平凡社新書)という本で読んだんです、「天国」とよく使うと。以来、どうも気になります。逆に「仏《ほとけ》」も無意味に使いますね。アメリカの作家の書いたミステリーの翻訳でね、刑事が「このホトケは」と言うんですね

（笑）。私は絶対おかしいと思うの、あれは。仏じゃないですものね、死体ですものね。デッドマンとかボディとか言ってるんですよ、絶対。

石牟礼　仏と言ったほうがいいことはいいんですよね、死体と言うよりは。

伊藤　いえ、でもアメリカ文化で、バキューンバキューンで死んでいって、「仏」はないだろうと。彼らは「仏」とは言わないだろうと。

石牟礼　ああ、バキューンバキューンやったときに。

伊藤　いえ、どんな死に方でもいいんですけれども（笑）、仏教が裏にないと、「仏」とは言わないと思うんですよね。

祖父・松太郎

伊藤　このおばあ様のお連れ合いは？

石牟礼　松太郎と言うんですけどね。

伊藤　ずっと生きていらっしゃいましたか？　同じぐらいまで長生きされましたか？

石牟礼　そんなに長生きはしませんでしたね。

伊藤　おいくつぐらいのときに？

石牟礼　祖父はいつ死んだんだろう？　祖母より少し長生きでしたが、帰って、お位牌を見てみなきゃ、ちょっと思い出せない。

伊藤　石牟礼さんは大人でした？　子供でした？

石牟礼　もう大人です。そうですね、祖父は釣り舟を持っていまして、猫の仔が生まれたら、水俣の月浦《つきのうら》あたりの沖へ連れてゆくんです。漁師さんたちと、船の上のお付き合いがあったらしくて。それが、漁師さんたちに差し上げても差し上げても、猫の仔が死ぬって、祖父が言っていました。

伊藤　おじい様が亡くなられたのは戦後ですね。

石牟礼　戦後です。水俣病の始まりのころ。昭和二十七年か二十九年ごろでしょうか。

伊藤　最期はご病気で？

石牟礼　はい。

伊藤　長く患《わずら》われました？

石牟礼　あまり長くは患いませんでしたね。

伊藤　どんなご病気で？

石牟礼　特別な病気じゃなかったみたいですね。心臓かなんかじゃなかったでしょうか。

わりと元気で、よく魚釣りに行っていたから。漁師じゃないんですけど、世捨て人のような感じで、船の上で、漁師さんたちと行き来があって、鹿児島県の桂島《かつらしま》とか、県境のちょっと先の所へ行って、長ーくお世話になっていたり。

伊藤　そこに暮らすわけですか？

石牟礼　はい。で、帰りには魚の干したのをたくさん、もらって帰ってきていましたね。のんきなもので、一種の放浪癖があったのでしょうか。

伊藤　それはかなりお年寄りになってから？

石牟礼　なってから。

伊藤　じゃもう、放浪癖のあるおじいちゃんという感じで、行ったり来たりしていたわけですか？

石牟礼　「ごんさいさん」（権妻さん＝お妾《めかけ》さん）がいましたからね。晩年はその人を実家に帰したあと、我が家に居《お》りにくかったのかな。正妻は狂っているから、それを娘婿に見てもらってててね、自分が居りにくかったのか。

伊藤　なんておっしゃいました？　「ごんさい」？

石牟礼　昔はお妾さんのこと、「ごんさい」と言ってました。その「ごんさいさん」もなかなかいい人で、私も可愛がってもらった記憶だけはあるんですよ。よく泊めてもらって、可愛がってもらった。

伊藤　じゃ、最後は一緒にはいなかったわけですか？

石牟礼　そう、いなかったですね。

伊藤　お気の毒ですね、どうしてでしょうね。

石牟礼　自分が、その人を養う能力がなくなったからでしょうね。娘婿に、その「ごんさいさん」を養ってもらうわけにいかんでしょう。

伊藤　そうか。では、亡くなったときは、皆さん家族で看取って？

石牟礼　はい。それで、祖父は四国遍路に行ったりしていました。ごんさいさんと別れてからですね。四国遍路に行って、だから長い間、金剛杖が家に置いてあった。

伊藤　じゃあ、その当時に人が年を取って死んでいった、それと、まあ同じような形で。

石牟礼　はい。遠慮したように暮らしていましたね。

伊藤　それは、その当時の年寄りって、皆そうだったわけじゃないですよね。

石牟礼　……わけじゃないでしょうね。ごんさいさんを最後まで見ずに、その人の面倒もちゃんと見ずに、娘婿（私の父）にお世話になっているわけですからね。私の父はおばあ

ちゃんにはとても丁寧にするでしょう。それも、気まずかったのかしら。だけど、家業の土木請負業を広げていったのは松太郎だし、あとの面倒を見たのは娘婿の亀太郎だし。

伊藤　亀太郎さんは石牟礼さんのお父さんですね。亀太郎さんは、おばあ様にすごく丁寧だったでしょう。それで、松太郎さんにもやっぱり同じように丁寧でしたか。

石牟礼　丁寧といったって、「おもか様」は盲目で狂女だから、皆がなんとなく面倒を見なきゃいけないでしょう。ご飯を持っていったりとか。松太郎はしないわけですね。

伊藤　亀太郎さんがやっていたからですか？

石牟礼　松太郎は「おもか様」、つまり自分の嫁さんには、そういうことをやらない。昔の男は、そんな自分の奥さんが盲目になったからといって……。誰もいなきゃ、やるんでしょうけれどね。

伊藤　ああ、なるほど。

石牟礼　父は祖父に対して、丁寧というか、反抗的でもない。お舅《しゅうと》さんですからね、ふつうだったような気がしますけど。

伊藤　このお二方（祖父と祖母）とも、石牟礼さんがまだ子供のときに亡くなったわけですね？

石牟礼　いえ、もう二十代に入ったころじゃないかな。
伊藤　お二人とも？　そうでしたか。
石牟礼　亡くなったのは戦後ですから。
伊藤　戦後、かなり経ってからですよね。だって、うちの母たちが大正の末期生まれでしょう。戦争が終わったときに二十代の一、二ぐらい。石牟礼さん、それより六つ、七つ下ですものね。
石牟礼　月浦あたりで猫が死ぬということでは、市会議員の人が遊びに来て、「猫踊り」というか、猫が逆立ちして鼻の先でぐるぐる回って海に飛び込んで死ぬということと、祖父が連れていく仔猫たちが片っ端から死ぬということを話していました。「仔猫をいくら連れていっても、死ぬげな」って、「ちょっともう、持っていって差し上げるのは、やめたほうがいいんじゃないか」というのが、家の中の話題になっていましたから。たぶん昭和三十年ぐらいですかね。
伊藤　今のお話だと、水俣病が明らかになる少し前ですか。
石牟礼　はい、そこまで祖父は生きてて、船のお守りを。
伊藤　だったら、石牟礼さん三十代半ばでしょう？　そんなことない、二十代の半ばか初

めですね。

石牟礼　二十代半ばでしょうね、猫が死ぬというのはね。

伊藤　これはお母様のほうのご両親で、お父様のほうのおじいさんとおばあさんは？

石牟礼　知らないの。

伊藤　亀太郎さんは、じゃあ？

石牟礼　天草から出てきている。

伊藤　早くに親から離れてしまった……。ああ、それもあって大切になさったのかしら。

石牟礼　そういう性格なんでしょうね。

父の死――猫のミーを懐に入れて、ぽとんと

伊藤　お父さんの亀太郎さんはおいくつで亡くなりましたか？

石牟礼　七十八歳。

伊藤　お母様はおいくつまで。

石牟礼　（母ハルノは）八十六歳かな、五だったかもしれません。

伊藤　お父様はかなり前ですか？

石牟礼　母よりも前ですね。

伊藤　だいぶ前ですよね？

石牟礼　そんなに前じゃないですけど。ちょうど、父親が死んだ日に、連載のことかなんかで、渡辺京二さんが家に見えてたんですよ。『熊本風土記』に連載させていただいてましたから。

伊藤　年譜によると、一九六九年ですね、昭和四十四年の四月にお父さんの亀太郎さんが亡くなっていらっしゃる。お母様がお亡くなりになったのは一九八八年ですよね。覚えています、そのころのこと。もう二十年近くになりますね。それでお父様はどちらで？

石牟礼　死んだときですか？　家で死にました、我が家で。

伊藤　じゃ、一緒に暮らしていて？　ああ、そうですか。

石牟礼　父は喘息《ぜんそく》持ちでしてね、お医者様があとで、「老人性結核ですよ」とおっしゃっていました。

小さなお子さんたちがいらっしゃるならば、隔離したほうがいいと言われていたんですが、まあ、そこまでしなくて。皆、喘息と思っていて。コンコンと咳《せ》き込んで、ひーっと言っても痰は出てこないで、喘息特有の咳き込み方ってあるんです。それなのに毎日、焼

酎を飲みましてね。それも、今の人のように薄めて飲まない。薄めて飲んだりするのを見ると、「堕落した」って言うんじゃないかしら。きゅーっと生《き》で飲むんですよ。コップ八分目くらい。死ぬ日もそう。

伊藤　えっ、うそ。死ぬ日も？　お幸せでしたね。だって、お好きだったんでしょう。

石牟礼　お医者様からも止められていましたし、「もう病気なのに、喘息なのに、焼酎はやめればいいのに」と、あるとき私が言いましたら、怒りましてね。「なんば言うか」って。「一生、ろくなことがなかったのに、『こういう世の中に（世の中に怒ってましたから）生きとらにゃならんのは、さぞきつかろう。せめて焼酎なりと飲め』と、なぜ言わんか」と。俺の娘ならばそう言うと。「なぜ、それを言わんか。『焼酎なりと飲み申せ』と、なして言わんか」と、怒りました。私、「えーっ」と思って……。

伊藤　でも私、その考え方、賛成です。うちの母が昔はお酒が好きだったんですよね。量は飲みませんけどね。だから、何遍も「お母さん、ビール持ってきてあげるから一緒に飲もうよ」と言ってるのに、本人がね、いまどきの人は駄目ですね、「かんごふさんに見つかったらうるさいから」と。で、看護師さんもそれを聞いて「さすがに、お酒はやめましょう」って。好きなものは飲ませてあげたいと私は思うし、病院で母と枕元でビールを飲んだら楽しいだろうなと思うけど。
でも、お父様はお幸せでしたね。意識は最後までおありになったわけですね？
石牟礼　はい。寝込んでいましたけれど。
伊藤　寝たきりの状態ですか？
石牟礼　寝たきりと言ったって、下《しも》の世話はさせたことないし。
伊藤　あら、それは石牟礼さん、寝たきりって言いませんよ（笑）。寝たり起きたりの状態。ほんとに、お幸せですね。
石牟礼　ねえ。意志の強い、強情っぱりの人でしたから。
伊藤　それで家族に囲まれてでしょう。何人家族？　石牟礼さんと、あとどなたがいらっしゃいました？
石牟礼　弟たちは働きに出ていたから、そのときは私と母と、それから主人と。ぽっくり逝きましたからね。
伊藤　はあ、焼酎のおかげですね。
石牟礼　そしてね、猫をとても可愛がっていましたからね。ちょうど仔猫が生まれて、なんとか歩けるようになっていたんですよ。どういうことだったのか不思議な光景だけど、仔猫のほうでも父を好きですから、枕から一メートルぐらい離れた所に猫の親子で座っていて、仔猫がいつにない声で「ミャオミャオ、ミャオミャオ」と言って、何か呼びかけるような声で父のほうに這っていくんです。うちの猫は皆「ミー」という名前だったの。

伊藤　それも「ミー」なんですね？

石牟礼　「ミー」と言って、やっと父が頭をもたげて、猫の仔のほうに向き直って、手を伸ばして、両方から近寄っていくんですね。そして、その仔が父の手の中に入るくらいの時間。そして、その猫を抱き取って懐《ふところ》に入れて、そして、ぽとんと……。

伊藤　すみません。すごく個人的な質問で失礼なことでしたら、そう言ってください。そのときには、苦しまれなかったんですか？

石牟礼　苦しみはあったのか、なかったのか。父の気持ちとしては、猫のことが気になって気になって、猫の仔がただならぬ声で鳴いているから、早く抱き寄せなきゃ、と。そして、やっと懐に入れて、安心したようにして。

伊藤　病気で寝たり起きたりの状態でも、下の世話は自分でなさって、トイレに起きて行かれるわけですよね。

石牟礼　はい、這いずって……。

伊藤　それで、やっぱりだんだん弱っていかれたわけですよね。そうすると、食べられないというのがあって。

石牟礼　少ーしだけは食べていましたけれど、それより焼酎を飲みたいと。

伊藤　ああ、そうなんだ。一日中、酩酊状態というわけじゃないんでしょう。

石牟礼　酩酊は、最後はあんまりなかったですね。父はその前に酒乱になっていましたが、そんな元気はもうなかったですね。最後のころは嗜《たしな》むという程度で。

伊藤　あの、この間、母が危険な状態になって、苦しみまして。見ていましたら、死ぬ前というのは、心臓が動かなくなって、心不全になって、肺に水が溜まって、息が苦しくなってという苦痛の連鎖があるということを知りました。今、「ぽとん」とおっしゃいましたけれど。その死の瞬間は、そこに至るまでは苦しみがなくて、ただ弱っていかれただけですか？

石牟礼　ただ弱っていったんですね。苦しみはあったのかもしれませんけど、もがき苦しむというようなことはない、そんなふうには見えなかった。なんでも我慢強い人でしたから、我慢していたのかもしれませんね。

いい死に方をした父

伊藤　おばあ様、おじい様は、もがき苦しむとか、苦しみ喘《あえ》ぐということはなかったですか？

石牟礼　祖父は少しありましたね。それでお医者様に来ていただいて、苦しまない注射をしてもらって、お医者様が帰られて一日経ったら、また苦しみだしたんです。もう治療をしても見込みがないようなことをお医者様が言って帰られたんで、もうこれでお終《しま》いかと、話していたんですけど、やっぱり人情としては、お医者様にまた来ていただきたいですよね。「また来ていただこうか」と父に私が言いましたら、「お前がそう言うなら、もう無駄だと思うけれど、また呼ぼうか」と、来ていただいて。やっぱり「駄目です」とお医者様が言われましたが、父とそういうやりとりをしました。

伊藤　それはおじい様のとき？

石牟礼　はい。

伊藤　じゃ、お父様のときは、お医者様が家に来てくれるということはあったんですか。

石牟礼　ありました。だから、結核だと言われて……。

伊藤　それが死因ですか。でも、いい死に方ですよね。

石牟礼　いい死に方でしたよ。

伊藤　自分も、「ああ、じゃあもうこれから死んでいくんだ」ということは、気づいていらしたと思いますか。

石牟礼　猫のほうに手が届いたときに、自分はもう死ぬと思ったかもしれませんね。

伊藤　それはどうして、石牟礼さんはそう思われました？

石牟礼　猫との関係がただならないという感じで。

伊藤　そうなんだ、やはりいつもと違った感じだったんですね。

石牟礼　もうすごく猫が好きだったですけれども、「これが最期かも」と思いました。猫も父もよかったなと思って。小さな猫、ミー。

伊藤　七十八歳ですか。

石牟礼　情の深い人だったですね。なんにでもね。

伊藤　そのときというのは、自分が病気になって、もう治らないだろうというふうに思うんでしょうか。

石牟礼　思うんじゃないでしょうか。

伊藤　そのときは、何を見ているんでしょうね？　怖くないのかしら。
石牟礼　怖くないと思いますよ。
伊藤　向こうに行くということが？
石牟礼　はい。
伊藤　そのときに、クリアに「死ぬというのは、こういうものだ」というふうに、「死ぬ」ということに対するイメージがあったと思いますか？
石牟礼　まだかろうじて歩けるころ、庭に藤が咲いたんですね。父は花を大事にする人だったんです。自分が持ってきて植えて何年か後に花を咲かせた藤ですけれど、死ぬ一年くらい前ですね、死んだ月が四月で、藤は五月か六月ころですから。
　もう父の目はあんまりよく見えていなかった。老人性の白内障で、「手術しましょうか」と言ったけど、「もう何年も先までは生きられんとじゃけん、手術せんでよか」と言って、しなかったんです。畑を通って、畑の端っこまでそろそろ歩いていって、「ああ、よく見えていないようだな」と思って、私が見ていましたら、やっと藤の房の蕾《つぼみ》をつかまえて、鼻のところに持っていって、しばらく匂いを嗅いでいました。そのときに「ああ、父はもう長く生きないな」と思った。そして、その房をまた静かに離して帰ってきましたけれども……。私何も言わなかったけど、あのとき父は何か思ったに違いないですね。「最後の藤の花」と思ったかもしれない。

伊藤　それを見ている石牟礼さんのお気持ちは、どんなふうでしたか？

石牟礼　また今年も藤の花が咲くらしい、よかったなと思いました。父の丹精した藤が咲いてくれる。

伊藤　つまり、お父様が逝かれる、死んでしまうということに対する、待ってくださいとか、逝かないでくださいとか……。

石牟礼　そうは思わない。

伊藤　思わない？　そこが私は聞きたいんですね。どうして？

石牟礼　そうは思わないですね。それは人間は必ず一度は死ぬから、死にどきというのがあるでしょうから。本人が不本意と思うならそうですけれど、本当になんでも一生懸命な人で、一途《いちず》というか、嘘がないというか、直情径行な人でもあったし。

伊藤　じゃあ、お父様は「死ぬ」ということに関して不足はない、不満はないと。

石牟礼　父は、不満はあるかもしれないけれど、覚悟の深い、それはなんて言うか、見事な人でしたから。

伊藤　死ぬために、お父様ご自身で何かなされましたか？　死ぬための準備、心の準備でもなんでもいいんですけれど。

石牟礼　心の準備というのは、毎日何にでも真剣な人で、ごまかしたりするのは大嫌いな人で、朝晩父の姿を見ていると、それは「やりそこなった」ということはあるかもしれないけれど、気持ちにおいては嘘がありませんからね。まあ、愚痴は言わないだろうと思っていました。「この人のように私はやれるかなあ」と思った。

父は殺されたぽんたの解剖に立ち会った

伊藤　ほんとに。お父様は、ご自分でその状態に至るまで、つまり一生の間にたくさんの人を送ってきましたよね。人の死をたくさん見てこられたわけでしょう。その中で、自分はこうやって死ぬみたいな考えが、お父様の中にあったと思いますか？

石牟礼　さあ、どうでしょう。何かあったかもしれませんね。栄町というところにいるとき、先隣が末広という女郎屋さんだったんですね。父も母も天草出身でしたが、その女郎屋さんに天草からたくさんの娘たちが売られてくるわけですね。その中の一人に「ぽんた」という名前の十六、七歳の少女がいて、殺されたんです。中学生の少年が殺したんですよ。少年の弟と私は小学校に入ったら同級生になって。

伊藤　そのとき石牟礼さんはいくつだったんですか？

石牟礼　私はまだ小学校に行く前で、小学校に上がったら、殺したほうの弟と同じクラスになった。それで、そのぽんたが殺されたときに、検死と解剖に、誰か町内で立ち会わなきゃならない。末広の人は誰も出てこないので、父が立ち会ったんです。そのころ、家には土方《どかた》の、「あぼたち」と言ってましたけど、お兄ちゃんたちが五、六人、家に泊まっていた。土方奉公というか徒弟奉公をしているわけですね。家は「石屋」でしたから、石工《いしく》の修業を。解剖に立ち会った晩に、父は「今夜はぽんたのお通夜だ」と言って、我が家でお通夜をしたんです。世良博士という法医学の先生が熊大にいて解剖をなさった。「こんな美しか肺は見たことがない」と、その博士が言われたと、土方の人たちや私たちを集めて、父が話すんです。「もったいないことした」と、博士が言われたと。それで今夜は皆慎んでいなきゃならん、と威儀を正して、我が家でお通夜を……。『女工哀史』なんか読むと、女工たちが皆結核に冒されて、肺が一番駄目になるって。それに比べると、このぽんたの肺は実に立派な肺で、それが殺されて痛ましかったと、ぽろーりと涙をこぼしましてね。

伊藤　お父様が。先隣だから顔馴染みだったんですか？　皆、ぽんたちゃんとも。

石牟礼　ぽんたは大変、別嬪《べっぴん》さんでね。島は天草ではなくて、鹿児島のほうの島で、長島《ながしま》というところから来たという話だったたですけどね。私はもちろん顔馴染み。

伊藤　どうやって殺されたんです？　刃物で？

石牟礼　刃物で心臓を一突き。

伊藤　ほんとに。それは殺したほうはどうなりましたか？

石牟礼　懲役に行った。

伊藤　懲役に行きましたか。樋口一葉の『にごりえ』みたいな話ですね。あっちは無理心中しちゃうんですけれども。

石牟礼　「恐ろしい」と言って、解剖に立ち会う人がいなかったって。それで、丸島《まるしま》という所があるんだけど、海のほうのチッソに一番近い漁師村ですけど、丸島の消防団長というのが水俣中で一番肝が大きいと言われていたけど、「その消防団長も『立ち会いきらん』と言うたけん、仕方なしにわしが立ち会《お》うた」と父が言っていました。

『苦海浄土』を書く前に解剖に立ち会う

伊藤　そういうこと、もし頼まれたら、石牟礼さんはやりますか？　立ち会うのを？

石牟礼　立ち会うかもしれませんね。水俣を書くのに、私は解剖を見せていただきましたから。

伊藤　まあ。いつごろですか？

石牟礼　いつごろだったかしら。『苦海浄土』を書きはじめたころ……。

伊藤　その解剖……解剖は見たことないんですが、どんなふうでした？　薬臭いところでしょう。

石牟礼　大変冷たーい感じの、何の飾りもない部屋の中。あれきっと、死体が腐らないように温度を落としてあるんでしょうね。

伊藤　知った人でした？

石牟礼　いいえ。

伊藤　知らない人、それはよかった。

石牟礼　知った人はとてもじゃないけど、できないですね。水俣病ではない人でした。

熊大医学部の病理学の先生で、武内忠男という先生がおられたんです、今はもうお辞めになったけれど。それで「こうこういう理由で私、解剖を見せていただきたいと思います」とお願いしたら、簡単に「いいですよ」って。

伊藤　ほんとに。それじゃ、それは単に解剖が見たいということで。

石牟礼　患者さんたちが、「熊大には人間ばこさえる太かマナイタのあるとばい」と恐れていましたから。人体の構造や心を知りたいと。それと宗教的な感情もありまして。

伊藤　じゃあ、液に長いこと浸《つ》かっているような人ですか。

石牟礼　いいえ。

伊藤　違うんですか。新鮮な？　一応皮膚も同じような色で？

石牟礼　新鮮？　もうそれはね。

伊藤　どのくらい近くで見るんですか。

石牟礼　すぐ近くで。

伊藤　気持ち悪くはなりませんでした？

石牟礼　なりましたけどね。

伊藤　やっぱりなりましたか。でも、最後まで見続けましたか？

石牟礼　「もう、これで結構でございます」って、途中で……。「ありがとうございました」って帰りました。

伊藤　それを見ているとき、どんな感じでした？　どんなことを思われました？

石牟礼　それは日本で初めて、解剖を見たお医者様のグループがいたでしょう。

伊藤　いましたね、『蘭学事始《らんがくことはじめ》』のね。

石牟礼　初めて見た人は、こんな気持ちだったのかなとか思って。

伊藤　まず、それは人間の死体なわけですよね。その、見つめていた家族が死んだ、そのあとそれは死体になるわけですけど、それとはまた全然違って、初めから死体状態で目の前にあるわけでしょう。

石牟礼　もうベッドに横たわっておられた。女の人だった。

伊藤　女の人？　それを見たときに、何か特別な恐れとかの気持ちとかは。

石牟礼　恐れというよりも、敬虔《けいけん》な気持ちになりましたね。今はものをおっしゃらないで、解剖台に乗って先生方にもうすべて任せておられるわけですね。どういう過去を持った人かなぁと思ってね。

伊藤　おいくつぐらいの人？

石牟礼　五十代ぐらいだったかと。どういう過去があったんだろうなと思って。終始、合掌している気分でしたね。

ぽんたの事件に死の実相を見た

石牟礼　「死」というものの実相をまざまざと見たのは、やっぱりぽんたの事件でした。それまで、きれいにお化粧をして、きれいなおべべを着て、縁台に座っていて、通りがかれば、「みっちゃん」と飴を持たせてくれたりしたお姉様が、「あねさま」と言っていたけど。その姉様が殺されたところは見ていないんだけど、明け方に、「ぽんたが殺されたぞー」と言って家の前を走っていく人たちがいて、家じゅう目が覚めて、先隣の家に駆けつけていった。表戸が一枚開けられていて、ぽんたが倒れていた畳でしょう、畳半畳くらいびっしり血を吸った畳が、出されるところだった。もう人だかりがしていて、子供ですから一番前に行って、しゃがんで見ていたんだけど、半畳ぐらい血が……。

伊藤　そのとき、石牟礼さんは小学校に上がる前でしたね。

石牟礼　五つぐらい。

伊藤　そのころ、人間が死ぬ、動物が死ぬ、「死ぬ」ということは、わかっていらしたと思います?

石牟礼　猫が死んだときに、抱いて泣いたりしていたことはありますけど。もう、たびたび猫が死ぬから、たびたび泣いていましたけど、「殺された」というのはね。「ぽんたが殺されたぞー」と人々が通りを駆けていくんです。ぽんたがその店に来たというのは、評判だったんですよ。子供心にも「きれいだな」と思っていましたから。そして、ぐっしょり血を吸った畳。ぐっしょり染《し》み込んだ血というのは、垂れてくるんですね。

伊藤　畳の下から……?

石牟礼　下から。ぽとり、ぽとりという感じでね、畳の縁《へり》から落ちて、通りの表戸からすぐの道のほうへ、当時は舗装してないですからね。乾いた泥の中に、その血が染み込んでいく。染み込みながら広がっていく。血が流れてくるもので、皆が後ずさりしていくんですよ、私、一番前に座って屈《かが》んでる。黙ーって皆、ぽとりぽとりと落ちる血潮を見ているんです。そして、「おっかさーんって、ひと声、言うたげなばい」とか「おっかさーんって、ひと声言うたげな」って。後ろで話すのが聞こえる。それで、「どっちのおっかさんかね」って。自分の島の産みの親のおっかさんなのか、それとも雇い主のおっかさんなのかということを、あとでずーっと考えるんだけど、今から考えると、産みの親ですよね。

伊藤　そうでしょうね。そういうことは、周りの大人からそのときに聞いたんですか？

石牟礼　「おっかさーんって言うたげな」、と聞きました。皆、黙ーっている中で、押し殺したような声が後ろでしたの。そして、女郎さんたちは誰も出てこない。朝、夜が明けてすぐですから、中にいたんですね。

伊藤　前の夜に殺された？

石牟礼　明け方でしょうね。ずーっと動かずにそこに居たんだけど、表戸じゃなくて、勝手口のほうから、その犯人の少年は入ってきたって言われていた。その勝手口から……戸板が出てきたんです。人が戸板の上に乗せられているんです。たぶんぽんたですね。

伊藤　それはご覧になりました？

石牟礼　見た。男の人が四人で、前を二人、後ろを二人で、包帯のような白い布で戸板をくくって、人間が担げるようにしてある。

伊藤　へえ、じゃあ手で持つんじゃなくて。

石牟礼　肩にかけて。

伊藤　肩にかけるんですか。四隅を？

石牟礼　そのときは、四隅を。そして、ぽんたが寝かされているけど、顔は見えない。子供心にも「まあーっ」と思ったけど。粗筵《あらむしろ》をかけてね。それで、顔はすっぽり隠れているけど、足がちょっとだけ出ているんですよ。生きている姿は、きれいなおべべを着ているのしか見たことがないでしょう。なんか粗末な着物を、寝間着だったんでしょうか、裾が少し見えて、足がちょっと粗筵からはみ出していて、足の裏が黒かった。裸足で土間に降りて逃げたのか、足の裏が汚れていました。足も洗ってもらえずに。そして最後の、人目につくところを担いでいかれるのに、「もうちょっといいおべべを着せてもらうとよかったのに」と思いましたよ。

伊藤　子供心に？

石牟礼　子供心に。ふつうの筵より、本当にゴミかなんかを覆うような粗筵。

伊藤　当時、人が死んだときには戸板に乗せる習慣がありましたか？

石牟礼　ない。

伊藤　じゃ、本当にそれは異常事態だったわけですね。

石牟礼　だから戸板に乗せられているのを見て、「あらぁ、ぽんただ、ぽんただ」と大人たちが言うんです。勝手口から男の人が四人で、解剖しに運んでいくんでしょうね。

伊藤　『アニマの鳥』でありましたね。年貢を納めないといって、その土地の持ち主の前家老が妊娠中の息子の嫁・おきみをそのまま人質にとって牢に閉じ込める。引き取りにこいと言われて、行くと赤ん坊は死産で、嫁も菰《こも》をかぶせて戸板に乗せられていた、というのが。

石牟礼　ああ、書いてましたか。

伊藤　それで、「握りしめたおきみの片掌が菰のはしにはみ出しているのを見た」と。

石牟礼　それを参考にしたんですよ、きっと。本当に哀れなんですよ。そして、その粗筵と足の間を大きなハエが二匹くらい行ったり来たり……。ちっちゃなハエじゃなくて、大きな、青く光っているのがいるでしょう。あのハエが行ったり来たりしていて、ハエにたかられながら担がれていきました。

伊藤　それは自然の死じゃありませんよね。そういうふうに死んだ人を見たときに、見ていた人たちは何かしました？　拝むとか。

石牟礼　拝みましたね。「南無阿弥陀仏《なんまんだぶ》、南無阿弥陀仏《なんまんだぶ》……」って。

伊藤　それは、お経じゃない、なんて言うんですか。

石牟礼　「六字の名号《みょうごう》」と言いますね。

伊藤　念仏ですね。「南無阿弥陀仏《なんまんだぶ》、南無阿弥陀仏《なんまんだぶ》……」って。

石牟礼　溜め息をつきながらね。手を合わせて。
伊藤　死んだ人を見たときには、それをしますよね。ふつうに死んだときも、同じですね。
石牟礼　お葬式の行列に向かって、昔は「南無阿弥陀仏《なんまんだぶ》、南無阿弥陀仏《なんまんだぶ》……」って、言いよりましたよ。
伊藤　石牟礼さんも、そのときはなさいました？　そのぽんたのとき。
石牟礼　子供のとき？　したかどうか覚えていない。
伊藤　五歳ですものね。
石牟礼　覚えておりません。したかもしれないし、大人たちのそういう姿は、はっきり覚えていますね。人に担がれてね、「あれーっ、ぼろ筵、被せて、可哀そう……」と思いました。よか女子《おなご》なのにね。
伊藤　その「南無阿弥陀仏《なんまんだぶ》」って言っていた大人たちは、その気持ちはなんだったんでしょうね。「南無阿弥陀仏《なんまんだぶ》」じゃなくて、ふつうの言葉に直したら。
石牟礼　ふつうの言葉にはならなかったので、「南無阿弥陀仏《なんまんだぶ》」って言ったんじゃないですか。
伊藤　ああ、なるほど。

石牟礼　この場合、ふつうの言葉では何を言っても、表現できないです。「可哀そうに」というのももちろんあるでしょうけど、哀れというか、殺されてしまってとか、いろいろあるでしょうけれど、何を言ってもやっぱり「南無阿弥陀仏《なんまんだぶ》」が一番ふさわしいんじゃないでしょうか。

行き倒れの人の死

伊藤　そのあと、死んで横たわった人を見たということはありますか？「南無阿弥陀仏《なんまんだぶ》」と言いたくなるような、こんな経験は。

石牟礼　代用教員時代に、田浦《たのうら》の駅で、琵琶を持った人でしたが行き倒れの人がいて。小さな駅だったたですけど、今はどんなふうになったかしら。男の人だった。見かけた次の日におにぎりとか、お芋の煮しめとか、持っていったんですけど、その次の日には亡くなっていましたね。

伊藤　行き倒れって、倒れてそこでもう動かなくなる状態。いつですか、それは？

石牟礼　代用教員になって二年目くらいかな。

伊藤　じゃあ、まだ戦争中ですよね。そのころ、そんな人がたくさんいたんですか。

石牟礼　たくさんいたかどうかはわかりませんけど、原爆が長崎に落ちた日だったのか、次の日だったのか。空襲警報が出ていて、湯浦《ゆのうら》という駅で汽車が止まって、乗客がそのそばの山に避難したときに、広島か長崎かで「たくさん死んでおったばい」という話がありました。そして、原子爆弾という名前はまだなくて、「新型爆弾が落ちて、うんと死にはった」という話を、その列車から降りて避難する乗客たちから聞いた記憶があります。

その前後に、田浦の駅で、明らかに栄養失調と見受けられる男の人が、椅子に腰掛ける体力がなかったのか、滑り降りて、お便所との間の三和土《たたき》に横たわっていらしたので、さすって励ますんだけども、あんまり応答もない。まだ生きておられて、「なんか食べさせにゃいかん」と思って、そのときは持っていないので、あくる日母にねだって、いろいろ持っていきましたけど、もう口には入らない様子で、次の日には亡くなっていた。

伊藤　もうその場で亡くなっていたんですか？

石牟礼　いいえ、ちょっと移動して。駅員さんが移動させたのか、這《は》うていく体力はなかったのかも。亡くなっていました。枕元に木のお鉢があったのが印象的で、食物を入れる物だったのでしょうか、お金をいただく物だったのでしょうか。たぶん目が不自由で、少しご老人だった。

伊藤　それはもう、ほかの人が「もう亡くなっている」というのを見つけたあとですか？　それとも石牟礼さんが……。

石牟礼　見つけたあとでしたね。そして、駅員さんたちが慌ただしく行ったり来たり、覗き込んだりして、どこかに連れていかれましたけどね。

伊藤　そういう病人が倒れているときというのは、今だったら、たとえば熊本駅でそういう状態の人が倒れていたら、皆、「なんとかしなくちゃ」と思うでしょう。当時は、そういう人は、そこで行き倒れていてもよかったわけですか。

石牟礼　よかったって？

伊藤　つまり、彼は、ひと晩そこで過ごしちゃったわけでしょう。

石牟礼　どんなふうに過ごされたのか、私は次の汽車に乗って帰らなきゃならないからわからない。駅員も三、四人くらいの駅でした。

伊藤　江戸時代の話で、あれですよ、講談なんかで出てくるじゃないですか、落語にもあるけど、川で土左衛門が見つかったら、引き上げて身元を調べないと駄目なんですって。でも、川が下流になってきて、海と混ざり合った所からこっちで、土左衛門が見つかったら、もうそれはそういうもんだとして、海に返してやるんですって。

石牟礼　そんな話を漁師さんから聞いたことがありますね。引き上げると、ものすごい力がいるんで。それで友人の漁師さんですけどね、溺れている人がいるので、もう見過ごしてはおれないので全力を尽くして引き上げた。船に乗せて助かったって言ってた。その代わりに、引き上げた人がもう大変、体の具合が悪くなって。

伊藤　それはどうしてですか？

石牟礼　もう力を出しきって……。「そういうときはね、自分の命と引き換えにするもんじゃない」って、あとから村の人たちが言ったって。罰当たりな話だけれど、そのままにしておいたほうがね。だけど、見たら、そんなことはできないものだと。

伊藤　生きていたわけですものね。でも、そのままにしておいたほうがよかった、というのは、当時の人たちの一般的な考えですね。

石牟礼　一般的な考えでしょうか。実際、死力を尽くして引き上げてね、自分のほうが「病み倒す」という……。

一人で死ぬのは寂しかけん

伊藤　うかがってますと、死んだ人がこっちにいて、生きた人がこっちにいるんだけど、今の線の引き方とずいぶん違うような気がしません？　今だったら、そういうときにどうするでしょう。

石牟礼　さあ、どうするか、その場に立ち会ってみないとわからないです。

伊藤　でも、死ぬ人がこう来ていて、そのままとは言えないですよ、今はきっと。大騒ぎでしょう。死んだ人というのは、わりと、あっちにもこっちにもいてもいい、みたいな状態だったんでしょうか。

石牟礼　どういう状態でしょうか。死にかかっている人を助け上げて具合が悪くなった人のことを話すときに、私の村でも、やっぱりそんな人がいたという。亡くなっていたそうですけど、「一人で死ぬのは寂しかけん、連れにこらすと」って。それで、「行っちゃならん」って。

伊藤　それは「連れにこらす」っていうのは、「こらす」というところは敬語ですよね、丁寧ですよね。そうすると、その「連れにこらした方」は悪霊《あくりょう》とか、悪いものではないわけですね。

石牟礼　悪いという意味じゃなくて、死ぬというのはそのくらい寂しいと。

伊藤　はあ、寂しいということですね。

石牟礼　「連れにくる」というのは動詞でもあるけど、「連れ」というのは名詞でもあるんですね。連れがいる。

伊藤　死って、とっても寂しいものだというふうに、昔の人は思ったと思います？

石牟礼　思ったでしょうね。

伊藤　それが、死の一番の性格でしょうか、昔の人にとって。石牟礼さんのお話をうかがっていると、昔のことのような気もするんですよ。その人たちは死というのを、どんなふうに思っていたのか。「死」で一番特徴的なことは、「寂しい」ということでしょうか。

お名残惜しゅうございます

石牟礼　寂しいということも入るでしょうけど、「この世の名残《なごり》、夜も名残」って、近松の心中物に出てくるでしょう。

伊藤　この世の名残。

石牟礼　「夜も名残」って、そういう言葉がたしか、あったと思うんだけど。何か、「今《こん》生《じょう》の別れ」という言葉もあるし、「今生の別れ」と言ったほうがいいかな、「お別れしがたいけれどもお別れしなきゃならない」と。「名残尽きないけれども、もうお別れです」

っていう気持ちでしょう。

「寂しい」とも違うし、「未練」という言葉もちょっと違うけど。「お名残惜しゅうございます」と私、言われたことがある。五島《ごとう》かなんかの島におばあちゃんたちを訪ねていったとき、お別れのときになって、「お世話になりました。また、いつか来るときもあるかもしれませんけれども……」って私が言うたら、お相手をしてくださったおばあちゃんたちが、「お名残惜しゅうございます」っておっしゃいました。涙が出た。「この次、おいでるときは、私たちはおりません。お名残惜しゅうございます」とおっしゃいました。「さようなら」じゃないの。

伊藤　「お名残惜しゅうございます」って、そう言ったおばあちゃんたちのほうが、逝くほうですよね。

石牟礼　逝くほうですよ、ふつうね。「今度、あなたがおいでるときは、もうおりませんばい」って。

伊藤　死ぬ人っていうのは、そうやって考えているんでしょうかね。

石牟礼　と思いますよ。とっさに出てくる挨拶なんですけどね。それで、離島にいる人たちは、「さよなら」の代わりに誰にでも、そうおっしゃるのかなぁと思いました。島の言葉としてあるのかなと思いましたけれど、そのときのおばあちゃんたちの気持ちでもあったかもしれない。

伊藤　いい言葉ですね。なんだかこう、境界が引けないような感じですね。

石牟礼　はい。そして昔は島から若者たちが出ていくとき、兵隊に行くときとか、船で行くでしょう、天草のあたりでもそうだったようですけれど、船で島を出ていきますね。そうすると、陸の上から太鼓、三味線で送るのだと。船の上にも太鼓、三味線を乗せていて、弾きながら、歌を歌いながら、船が七回その村の前を回るんですって。その間、太鼓、三味線の鳴り物で、歌を歌いながら七回目にはもう、離れていく。別れを惜しむというのは、そういうことだと言うんです。

伊藤　本当に死んだときの葬式にも、そういうことをすると思います?

石牟礼　死んだときも、お柩《ひつぎ》に納めるまでは、死んだ人をとても丁寧に扱いますね。身内が体を清めてあげるんだけど、お風呂に入れて、最後に一人ひとり、どこかを洗ってさしあげる。「湯灌《ゆかん》」の儀式。

伊藤　水で?

石牟礼　お湯で。それで洗ってあげながら、前にも申し上げたと思うけど、「良か所に行きませな」と言いながら拭いてあげる、洗ってあげる。

伊藤　まるで生きているようですね。

石牟礼　そうですとも。両方から名残を惜しんでいるんですよ。

伊藤　今は病院でやってくれるか、葬儀屋さんがやってくれるかですね。

石牟礼　家でお湯を沸かして盥《たらい》に入れて、縁のあった人たち皆で、どこかをお湯をかけて洗ってあげる……。

父の葬儀

伊藤　じゃあそれは、お父様のときも、石牟礼さんはなさいました?

石牟礼　いたしましたよ、全部で。

伊藤　お母様のときも、そうでした?

石牟礼　そうしましたよ。ちょっとおかしい話があるんです（笑）。父をそうやっていたときに、役場の人が来た。埋葬許可かなんか取らなきゃいけないんで、隣のおじさんが市役所に行って届けたらしいんです。なぜか父親をそうしているときに市役所の人が来て、うちの番地かなんかを聞かれたんですよ。

母がね、「あらもう、そぎゃんしたことは、一切、この人が知っとったんです」って……（笑）。いやあ、もう笑いましたよ、皆、泣き笑い。「あらぁ、私はそげんことは、一つも知らんとです。ぜーんぶ、この人が知っとったですばってん」って母が言って……。私たちも聞かれたことを知らなくて。全部父が、なんもかんも知ってたんですよ。子供たちも迂闊《うかつ》、母が一番そういうこと迂闊な人でしたけど、「ああ、お父さんに聞いておけばよかった……」って（笑）。

伊藤　わかりますよ（笑そして涙）。

石牟礼　もう役場の人もね、苦笑いしておられました。

伊藤　なんでしょう、この強い感情。これは「死なれたくない」という気持ちもあるわけでしょう。

石牟礼　それはありますよ。ありますけど、しかしまあ、いつかは死ぬわけですからね、覚悟はできるんです。

伊藤　もう覚悟はしていました？　お母様も？

石牟礼　それは皆、覚悟は……。それはそうですね。しかし、死なれてたちまち困った（笑）。

伊藤　なんか、すっごくそのひと言が、なんだろう、愛着というか、「お名残惜しゅうございます」のこちら側からの気持ちというのが、そこに出ていますよね。そのときは、どんな人がそこにいましたか？　お母様がいらして、石牟礼さんがいらして。

石牟礼　はい、親類たちが来て、十五、六人いたんじゃないかな。

伊藤　そんなにたくさんで……。

石牟礼　いつも行き来がなくても、天草に親類がいますからね。

伊藤　ああ、そうですか。じゃ本当にもう皆でそれをやるわけですか。お経とか、今のお念仏とか言いながらではなくて？

石牟礼　そうですね。

伊藤　じゃやっぱり、まだ生者《せいじゃ》を扱っているように扱うわけですよね。いつそれが？

石牟礼　お柩に入れて、最後の釘を打って、お坊様に「枕経《まくらぎょう》」というのを『正信偈《しょうしんげ》』でやってもらう。それから出棺のときに、出棺の儀式があって、お行列があってお墓まで、お墓はわりと近うございましたから、行列して皆で行って。穴を掘るのは隣組の人たちがやってくれますから、いよいよお墓の中に入れて、最初にぽろぽろと近親者が泥をかけるんです。そのときが最後のお別れですね。

伊藤　そのときはまだ、「南無阿弥陀仏《なんまんだぶ》」と言うんじゃないんですね。

石牟礼　そのときはもう皆で、「南無阿弥陀仏《なんまんだぶ》、南無阿弥陀仏《なんまんだぶ》」と言いながら泥をかけます。

伊藤　じゃあその湯灌をしていたときと、土をかけながらという間に、越していくわけですね。

石牟礼　いよいよお別れをしていくんですね。

お母様のこと

伊藤　では、お母様のことを少し話していただけますか？

石牟礼　私は母の仏壇をここにつくって拝んでいます。

伊藤　拝んでいらっしゃるのはお母様の霊に対して？　何に対して？

石牟礼　霊というよりも、もっと実体のある母ですね。私、母が恋しいんですよ、母が大好き。

伊藤　それは亡くなる直前のお母様ですか？　生きていらっしゃる？　それとも子供のときのイメージ？

石牟礼　はい。子供のときも大人になってからも。なにしろ私は、「母恋い」というのがありましてね。父も好きでしたけど、母をもっと好きで。

伊藤　子供のときから？

石牟礼　ええ子供のときから。もう母が見えないと、足摺りして、あと追いしてました。人格的にすぐれた人だと思うけど、人様の悪口を言ったことはないですね。そして、母を慕って近所の人たちが家に遊びに来て……。

伊藤　お父様じゃなくて？

石牟礼　たぶん母ですね。それで、お昼をご馳走になって、「ああ、ここにいると極楽、極楽」とか言ってね。母にいろんな愚痴をこぼして。それで、母は「はあ、まあ」と言葉少なく返事して、意見を言わないんですよ。いろんな愚痴を聞いて。努めて隠しているわけじゃないけれど、「今日はこんな話があった」とは言わない。ただ、あんまり村の人同士で悪口を言い合ったりすると、あとで溜め息をついて、「あんなに人の悪口言うもんじゃなかねえ」と。

伊藤　それはお母様がおいくつのころのことですか？

石牟礼　いくつでしょうか。母が私を身ごもっているときに、祖父と父が天草の宮河内《みやのがわち》というところで仕事をしていて、村の人たちが、「赤《やや》さまの生まれなはるごたる」と、山のように夏みかんを持ってきてくれて、その村の皆さんで誕生祝いをしてくださったそうです。若いころから人には好かれていたみたいですよ。

伊藤　じゃ、そんなお若いときから、そういう性格というか、そういう雰囲気の。

石牟礼　とても穏やかで、人に好かれていたと思います。

伊藤　ごきょうだいは、石牟礼さんと弟さんと二人だけ？

石牟礼　いや、その下に弟があと二人と、妹が一人います。

伊藤　で、石牟礼さんはお母様に近かった？

石牟礼　長女で。そうですね。

伊藤　ずっと一緒に暮らしていらっしゃいました？

石牟礼　たいがい一緒でしたね。結婚した当時、父が私たちのために小屋のような家を建ててくれて、熊本に移ってからは時々別居でしたけど、だんだん年を取っていくので気になってまた帰って。百姓家ですから、小屋のほうに私たちは暮らして、隣で面倒を見てました。何年か離れて暮らしてましたけど、いざというときには駆けつけていけるようになっていた。

伊藤　じゃ、お父様がお亡くなりになってからは、ずっと一緒で。

石牟礼　はい。別棟でしたけど。

伊藤　真宗寺にいらしたときは、どこにいらっしゃいました？

石牟礼　仕事場を構えてからは別居でしたね。それで、それまで母は電話なんかかけたことないのに、電話のかけ方を覚えてよく電話でやりとりしていました。

伊藤　お亡くなりになったのは八十六歳でしたよね。一九八八年でしたか。ちょうどその直後です。私、初めて石牟礼さんのお宅にうかがって、おつきあいをさせていただくようになって、そのころのお苦しみをとっても感じていました。おつらいかもしれませんが、お母様について、話を聞かせていただきたいんですが……。

「勉強しておけば道子に加勢できたのに」

石牟礼　どういうふうに言えばいいんでしょうか。

伊藤　もうなんでも。たとえば、お母様に言われたことで一番心に残っていることが何かありませんか？

石牟礼　母は自分が学校に行かなかったことが一番心残りで、行けばよかったってたびたび言ってました。「行っておれば、書いて加勢する」って。それで、私が水俣のことに熱中しているのを、するなとは全然言わずに、加勢したいと思っていたんですね。それで、支援の若者たちがしょっちゅう来るようになっても、患者さんたちがお見えになっても、妹と二人で賄《まかな》い方に回って、お客様を賄うのが自分の仕事だと、一生懸命してくれましたね。

それで、私が夜更かしばっかりしていて、少し暇があると、赤線ひっぱって新聞の切り抜きをしているでしょう。そうすると私のいない時に母が切ってくれるんですよ。そしてね、字が読めないもんで、赤線のついているところの外側も大事にとってくれる。記事もとってくれるんだけど、外側もとってくれるんですよ、赤線が引いてあるから。切り貯めておいて、いらんとこあるかもしれませんけど、切っておいたよって。

年寄りだからもう手が震えるんですよ。こうぶるぶる震える手で。「あーっ」と溜め息ついて、「勉強しておけばよかった、自分でも読めるかもしれんのに。書いて加勢することができたのに」って。「ほんになんで勉強せんだったろう」って、小さいころに学校に行こうとして行けなかったわけを一度だけ言いました。

ここに来ていた患者さんは、今でもお仏壇にお参りしてくださいます。「ばあちゃん、来ましたばい」と言ってね。合掌してくださいます。患者さんたちももう歩けなくなりますので、仏壇の前にこういざっていって、お仏壇に参ってくださいます。

伊藤　今やってらっしゃることで、お母様から影響受けたことってありますか？

石牟礼　母が自分で食事がつくれなくなって、夕ご飯を炊くときに、私のやるのを見ていて、「いつお腹を減らした若い人が来るかもわからん、足らん足らんで炊くな。四、五人分くらいは多く炊け」と。いつ人が見えても食べさせてあげるようにと。

伊藤　お母様はお亡くなりになるまでは健康な状態で、ずっといられました？　ご病気されましたか？

石牟礼　そうですね。胃ガンになって。一度手術もしました。亡くなる五年前に。

伊藤　それは八十過ぎて……。八十過ぎてもやっぱり、ガンの手術をするわけですか。

石牟礼　しましたね。やっぱり、治してやりたい一心で。

伊藤　でも体はきつかったでしょうね。

石牟礼　急速に痩せた時期があって、何かが進行してると思ったら案の定、ガンでした。

伊藤　そうですか。じゃ、それまではまったくお健《すこ》やかで、足腰もしっかりして。

石牟礼　足腰もしっかりして、頭もしっかりして。

伊藤　そのとき、石牟礼さんおいくつでした？　その五年前の胃ガンのとき。

石牟礼　母が亡くなったとき私は六十一だったから、五十代の後半。

伊藤　ご自身の体調は悪くなかった？　パーキンソン症も出ていませんでした？

石牟礼　パーキンソンが出たのは、ここ三年くらい。

伊藤　じゃ、看病を思いきり、したという感じですか。

石牟礼　そうですね。まあ、私よりも、私は水俣のことを抱えているもので、時々、どっかに飛んでいかなければならなくなったけど、妹がよくやってくれました。妹は嫁入り先のお母様もお父様もガンでいらしたんで、妹が両方掛け持ちで、実に一生懸命やってくれました。

伊藤　まあ。そのガンはいったんよくなったんですね？

石牟礼　摘出したあと、よくなったというか、いっとき小康状態。

伊藤　亡くなったその、直接の原因は？

石牟礼　やっぱりガンでしょうね。

伊藤　ガンでしたか。その胃ガン。

石牟礼　はい。

伊藤　亡くなる前は、ご自宅で？　亡くなったときもご自宅で？

石牟礼　はい。病院に入れたくなかったんです。

母のガンがわかったときはとてもつらかったです。家族で話して、母には教えないことにして、余生を幸福にすごせるようにしようと、皆で語り合いました。小さいころ、母のあと追いして足摺りして泣いていた、あんな気持ちでした。ガンの手術と言わないで、胃《い》潰瘍《かいよう》だと偽って手術させました。

第三章　それぞれの「願い」

『あやとりの記』——流々草花《るーるーそーげ》

伊藤　『あやとりの記』を持ってきたんです。この中に詩というかお経というか「十方無量《じっぽうむーりょ》　百千万億《ひやくせんまんのく》　世々累劫《せーせーるいごう》……」というのがあるんですが、このね、「流々草花《るーるーそーげ》」というところがいいですよね。

石牟礼　その「流々草花《るーるーそーげ》」は、まあまあですね。

伊藤　これは、まったく、石牟礼さんの創作でしょう。それから、ほかの言葉、「未生億海《みしょうおくかい》」というのは？

石牟礼　どんな字を書いてますか？

伊藤　未だ生まれない。これはやっぱり、創作ですか。

石牟礼　未生ね、はいはい、全部創作ですよ。でも、そんな難しくないでしょう。

伊藤　なんだかね、これ、すっごくよかったです。お経の本、経本《きょうほん》といいますか、を読むと、平仮名に棒を引っ張ってあるでしょう。

石牟礼　あれはアクセントですよ。

伊藤　ここにお経が書いてあるんです。これが好きだったの。「流々草花《るーるーそーげ》、窮微極妙《ぐーみーごくみょう》」

「流々草花《るーるーそーげ》、唯身常寂《ゆいしんじょうじゃく》……」って。

石牟礼　少しお経をかじっていましたから、なんとなく連想ができる。『正信偈《しょうしんげ》』なんかは、とっても近づけないので……。だから一字少なくして四字でやろうと思って。

伊藤　なるほど、四字ですね。美しいですよ。「流々草花《るーるーそーげ》」というところで、いきなり知らずに読んだとき、本当に同じような感じで、お経だと思っていた世界がいきなり、生きているものがいっぱいいるという世界に、ぽんと持っていかれるような気がして。能の『不知火《しらぬひ》』もそうでしたね。お能だと思って読んでいて、すごいなと思っていた。そうしたら、最後のほうになってきて、いきなり猫とか出てくるでしょう。

石牟礼　ふふふ（笑）。

伊藤　あれで、ああやっぱり石牟礼さんの世界だと思ったんです。石牟礼さんが描く世界というのは、「死」というのがやっぱりあるんだけれど、死よりももっと、生きているものがいっぱいあって、あそこにもここにも、ちっちゃいものもいっぱい生きていて、その裏っ返しに全部死が影のようにくっついている。こんなに短いお経ですけど、これもそうだなと思って。最初に読んだときから忘れられません。

石牟礼　ありがとうございます。そのように読んでいただいて。

伊藤　実は、私これ、読んでいただきたいの。この朗読を聞きたいんですよね。やっていただけないでしょうか。お願いを、いたします。

石牟礼　あなたもかなりやりますね（笑）、お上手ですねぇ（笑）。

伊藤　いいえ、まだまだです（笑）。活字が小さすぎて読めないかしら。覚えていらっしゃいます？

石牟礼　覚えてはいませんよ。言われると思い出しますけど。

伊藤　でも、それぞれ違うんです。これ、「流々草花《るーるーそーげ》」でしょう、次が「窮微極妙《ぐーみーごくみょう》」なんです。うちの家族はあんまりお寺に縁のない家で、お経ってあんまり聞いたこと、ないんです。どう読めばいいんですか？

石牟礼　節をつけないで読みさえすればいいんですよ。

お経はどこで習いましたか

伊藤　お経をかじったとおっしゃいましたが、どこでですか？

石牟礼　お経というと、小さいころから、父が酔っぱらうと、必ず私たちをお仏壇の前に座らせて、それがうらめしかったですが、訳のわからないお経を上げててね。

伊藤　それはなんのお経？

石牟礼　それは「帰命無量寿如来……」《きーみょうむーりょうじゅーにょーらいー》で始まる親鸞上人《しんらんしょうにん》の『正信偈』。家は浄土真宗でしたから。私が習ったのは、熊本市に真宗寺《しんしゅうじ》というお寺があるんですけどね。

伊藤　じゃあ、真宗寺でずっと、このお経を読む練習をしていらした？

石牟礼　はい。大変面白いご住職がいらして、悪いことをして更生させなきゃならない若者たちを集めて。そこのご住職が、青少年の更生に役立つお仕事、なんとかってあるでしょう。

伊藤　身元引受人みたいなものですかね。

石牟礼　そうそう、それをやっていらして、そのあとお寺に引き取っておられた。お寺ってお掃除が大変でしょう。それから、檀家の命日にお経を上げに行く人数もいるでしょう。で、その少年たちにお経を教えて、そういうことの手伝いをさせておられたの。お寺のお掃除とか。「月忌参り」《がっき》に、月の命日、月忌参りと言うんだけれど、月の命日。「き」は忌中の忌じゃないかな。

伊藤　へえー、がっき、月の命日。

石牟礼　月の命日があるの。お寺様というのは檀家で成り立っているでしょう。檀家の人たちがお寺に何がしかの喜捨《きしゃ》をする。

伊藤　そこで読んだお経はどんなお経ですか？

石牟礼　真宗だから、親鸞さんがつくられたお経や漢詩。代表的なのが『正信偈』。「偈《げ》」というのは歌（詩）。そのお寺で使っていたものを持ってきて見せましょうか。

伊藤　見たいです。それは、漢文で書いてあるんですか。

石牟礼　はい。ちょっと本を取ってきましょう。

伊藤　（石牟礼さんがお経を持ってきたので）すみません、ありがとうございます。

石牟礼　これはお寺の娘さんが私の家に来てくれて、お誘いになったので行ったんですけどね、そうするとお寺で……。

伊藤　ああ、「声明《しょうみょう》」の……。

石牟礼　お経を集団で詠《よ》むことを「声明」って言いますね。天台宗の声明が一番いいと言われているけれど、それで宗派によって、同じ『正信偈』でも、ちょっと節が違うんです。

『正信偈』を唱える

伊藤　真宗寺の浄土真宗の宗派では、どんな感じで読むんですか。

石牟礼　真宗寺には浄土はつかない。あそこの寺の読み方というのは、これがその節なんですよ。この印が節と長さを表わしているんです。でもね、それぞれの癖でもあるのかなとも思いますけどね。これは、「帰命無量寿如来ー《きみょうむりょうじゅーにょーらーいー》」って、こう言うんですよ。

伊藤　美しいですね。「きみょうー」、できない。どうやってやるんですか。

石牟礼　「帰命無量寿如来ー《きみょうむりょうじゅーにょーらーいー》」。

伊藤　らーいーと「い」を言うわけですか。

石牟礼　「いーー」、これだけ違うでしょう。

伊藤　なるほど、違う違う。

石牟礼　こっちはずーっと同じように読む。「南無不可思議光《なーむーふーかーしーぎーこーう》　法蔵菩薩因位時《ほうぞうぼーさーいんにーじー》……」、と下がる。

伊藤　下がるわけですね。これは……？

石牟礼　「法蔵菩薩因位時《ほうぞうぼーさーいんにーじー》　在世自在王仏所《ざいせーじーざいおうぶーつしょー》……」。私もね、若者たちと一緒に稽古してました。私はすぐ覚えたの。

伊藤　そうですか、すっごく美しいです。駄目だわ、うるうるしちゃって（涙）。じゃ、若者たちはこれを同じように読むんですか。女の声というのがいいですね。私、ＣＤをいくつか持っているんですけど、皆、男の声です。

石牟礼　そのお寺の娘さんは大変上手だった。小さいときからやっているから。

伊藤　そうですか。娘さんは今もそういうのをやっていますか？

石牟礼　やっておられます。

伊藤　行こうかしら。習いたいですね。

石牟礼　音感のいい人だったら、十日も習えばできるようになるんじゃないかな。

伊藤　「きーみょう　むーりょう　じゅーにょーらーいー」

石牟礼　ちょっとアクセントを入れるわけね。

伊藤　いーと、ちょっとこぶしが回るみたいですね。

『梁塵秘抄』につながっていく

石牟礼　私、『梁塵秘抄《りょうじんひしょう》』（注・平安後期の歌謡集で後白河法皇の撰）、とくに「今様《いまよう》」が好きなんですけど、それはどういう節で歌うのかわからないんだそうです。

伊藤　やっぱりわからないんですか。

石牟礼　それで、天台の声明が、ひょっとすれば参考になるかもしれない、名残があそこにあるかもしれないと言われてますけど、よくわからない。

伊藤　今みたいな節だと思います？　もう一度最初のところを。

石牟礼　「帰《き》命《みょう》無《む》量《りょう》寿《じゅー》如《にょー》来《らーいー》ー」

伊藤　石牟礼さん、『梁塵秘抄』でやってみましょう。

伊藤・石牟礼　「仏はー常ーにー、いまーせーどーもー、うつつならぬぞ、あーはーれーなる、人のー音ーせーぬー、あかつきーにー、ほのかーにー夢にー見えたまふー」（『梁塵秘抄』歌謡の通し番号二六。以下番号は同）。

伊藤　これは誰が歌ったんでしょう、白拍子《しらびょうし》じゃないですよね。

石牟礼　いや、白拍子たち、遊女たちが歌ってたんじゃないですか。

伊藤　酒の席で？

石牟礼　いや、酒の席ばかりとも限らない。今様の歌い手として、声うるわしい遊女たちがいたみたい。『更級《さらしな》日記』の中にあるけれど、著者は誰でしたっけ、女の人。

伊藤　菅原孝標女《すがわらのたかすえのむすめ》。

石牟礼　その『更級日記』で、作者が東国から都へ上る途中、足柄山を通ったら、ある村に遊女たちが三人集まって歌っていて、その歌声が「空に澄みのぼるようであった」と

（「空にすみのぼりて、めでたく歌をうたふ」）。

伊藤　澄みのぼる、澄むですか？

石牟礼　澄むんでしょうね。空に向かって澄みのぼるような声だったと。それで聞いていて、大変心を打たれて、皆泣いたそうです。去ってゆく歌姫たちの後ろ姿を「人々あかず思ひて皆泣く」と、『更級日記』にありますね。それで、今様というのは、今ばやりの、という意味ですね。

伊藤　現代風に言えば、流行歌、というところでしょうか。

石牟礼　もう少し精神的な深さがあるんでは……。『源氏物語』なんかにも、若やかなお公家たちが今様を歌ってたりしていると出てきます。さっきの『更級日記』の三人は、親と娘と孫、一家のような感じ。それを歌ってお金もらってるんでしょうね。聞いた村の人たちが、誰とかが歌ってた歌だと言っているから、伝承されてる歌なんですね。

伊藤　それはきっと、「仏は常に」も、そういう世界ですね。

石牟礼　「法文歌《ほうもんか》」と言うでしょう。仏教を歌ったものがたくさんありますね。

伊藤　『梁塵秘抄』でお好きなのはどれですか。

石牟礼　「仏は常に在《いま》せども……」、そういうの、好きですね。それから「我が子は十余《とおよ》に成《な》りぬらん」（三六四）という、あれもいいですね。

伊藤　「巫《かうなぎ》してこそ歩《あり》くなれ」（三六四）はいいですね。あと、私が好きなのは……。「儚《はかな》き此《こ》の世を過《すぐ》すとて、海山稼《うみやまかせ》ぐとせし程《ほど》に、万《よろづ》の仏に疎《うと》まれて、後生《ごしやう》我が身を如何《いか》にせん」（二四〇）。

石牟礼　「海山稼ぐ」というのは哀切ですね。

伊藤　ちょうど『鵜飼《うかひ》』を、水前寺公園の薪能《たきぎのう》で見ましてね。能の『鵜飼』を読んでいたから、同じ世界だと思いますね。でも私たちにしてみたら、私も海山稼いできたなぁと思って（笑）、あれもやった、これもやったと、それこそいっぱい悪いことしているでしょう。そういう意味では倫理的な。だから、海山稼いで、今のこの苦労は、よろずの仏に疎まれているんだなぁと思って……。

石牟礼　並みの苦労じゃありませんですよね。

伊藤　毎日毎日、ああ、「万の仏に疎まれて、後生我が身を……」と思うんだけれど、なんとかそこを詩の力で、くぐり抜けていこうと思っているんですよ。涙出てきます、考えると、本当に。

石牟礼　『梁塵秘抄』というのは、そうなんですよね。

伊藤　これは平安時代の終わりごろにまとめられたものですが、千年も昔の人々の気持ちというんじゃなくて、今……。

石牟礼　今の現実とちっとも変わらないですね。

伊藤　変わりませんね。やっぱり、そうお考えですか。

石牟礼　そう思います。

後白河院と白拍子

伊藤　この白拍子たちと後白河院の関係は、いったいどんなものだったのか、気になりますね。

石牟礼　白拍子、あそびめ（遊女）と言いますか。この後白河院は口伝《くでん》（『梁塵秘抄口伝集』巻第十）の最後でこんなふうに言っています。今様を歌うあそびめは、「舟に乗りて波の上に泛《うか》び、流れに棹《さを》をさし、着物を飾り、色を好みて、人の愛念《あひ》を好み」、まあ、あったりまえのことですよね（笑）。

それに続いて、「歌を謡《うた》ひても、よく聞かれんと思ふにより、外《ほか》に他念無《な》くて、罪に沈みて、菩提の岸に到《いた》らむ事を知らず。それだに一念の心発《おこ》しつれば往生しにけり。まして我等《われら》はとこそ覚《おぼ》ゆれ」。歌をよく聴かれようとすることばかり考えて罪に沈んでいる女たちでさえも、往生一念の心を起こせば往生できる、われらはましてや往生できる、と後白河さんはおっしゃっているけど、これはすこしひどいと思う。わからん人ねえと思う（笑）。思いません？

伊藤　思います（笑）。

石牟礼　こういう心がけで仏教を信じてもらったら、仏教のほうが溜め息つきますよ（笑）。後白河さんは熊野に三十回も詣《もう》でたと自慢して、お供を仰々《ぎょうぎょう》しく連れていったんだろうと思うけど、お供をした人たちはさぞご苦労さまだったと思う。

ところがね、こういう矛盾をかかえた人が、乙前《おとまえ》という今様の名人の老女を大切にして、局《つぼね》まで与えて。死んだ後も供養して、面倒見たんですよ。師弟の礼をとってね、破天荒なことですよね。乙前さんは最初は遠慮していたのを、無理に引き出して。七十二歳ですよ、召し出したときは。もう見苦しゅうございますと言って出ていくのをためらったという。それで死んだときは八十四歳。

伊藤　乙前さんはどんな人なんですか？

石牟礼　乙前という人は出身もよくわからない。乙前の養い親は、目井《めい》というんだけど、その目井さんは西行《さいぎょう》の母方のお祖父さん・源清経《きよつね》の囲い人だけど、目井さんとは、声がいいので一緒に暮らしはじめる。けれども、年取ってからは目井さんのまつげの、まばたきするのが背中にあたって疎ましい、と後白河院に語っているんですよ。後白河院は、乙前という人を非常に大切に思っていたから、まあ歌の話や何かしているうちにそういう話が出てきたんでしょうね、目井という人に教わったようだ、その人は清経の愛人だったそうだと。

こういうのは院政期に右大臣を務めた藤原宗忠《むねただ》の日記『中右記《ちゆうゆうき》』に出てくるんです。高群逸枝《たかむれいつえ》さん（注・熊本県出身の女性史研究家）がこのへんを読み込んでいらっしゃるから。

伊藤　西行にもつながる話なんですね。

石牟礼　後白河院は「極楽に行きたい」と思っていたんですね。時代の心でしょうけど。死ぬ前に不安があったら安心して死ねないでしょう。それでその不安をとりのぞかせてくださいと。帝王の座も安泰じゃないし、いつ謀反《むほん》を起こされるかわからないし、火事はしょっちゅうあるしね。歴代天皇がお寺をつくっている、たいへんな費用をかけて。微塵《みじん》も不安がないようにして死にたいんでしょうねえ。

後白河院が建てたお寺は、蓮華王院（三十三間堂）でしょう。そんなふうに仏像を千体つくってもなお不安だと。藤原道長でしたか、死ぬ前に糸を阿弥陀様の手にかけてそれを持って死んだのは。哀れだと思います。もっとすがるにしてもすがりようがある。自分の人生、贅沢だったでしょう。死ぬ前に財産を下々《しもじも》に明け渡してしまうような、そんなことだったらいいですけどね。自分だけ助かろうというのは、たいへん虫がいい。

お能の魅力

伊藤　ちょっと前に薪能の話をしましたが、実は私、お能は全然見ていなくて、石牟礼さんの『不知火』が、生まれてこのかた、二回目くらいで。

石牟礼　私もお能はあんまり見ていないんですよ。

伊藤　嘘でしょ、そんな馬鹿な（笑）。

石牟礼　馬鹿なって、水俣あたりで、見る機会ないもの。二遍くらいしか見てない。

伊藤　だって、お能をお書きになりましたよ（笑）。

石牟礼　ですからね、怖いもの知らずというか、恥ずかしいですけれど、知らないでいて、ほとんど読まないで見ないで書いたんですよ。

伊藤　私は能を見たのは、石牟礼さんの作品が二回目。あとこの間の水前寺公園の薪能。

それ以来、能を知らねばと思って、謡曲を読んでいるんです。

石牟礼　私も読みはじめている。

伊藤　何がお好きですか？　演目の中で。

石牟礼　何が好きって、あんまり見たことないですからね、見てみたいと思っているのは『井筒《いづつ》』。『井筒』をやる能役者さんというのはよほどの名人で、注目されますよね。それはなんか、単純な筋みたいです。井戸を覗いて昔を考えるところから演じられる。

伊藤　あれは、幽霊として出てくるんでしたっけ。

石牟礼　皆、幽霊ですよ、能の主人公たちは。『井筒』は在原業平《ありわらのなりひら》の妻の霊。

伊藤　私が好きなのは『善知鳥《うとう》』。ああいう、海山稼ぐ系の、血まみれなのが好きなんです。

石牟礼　それはよさそう。

伊藤　猟師が善知鳥の雛を取るんですが、この鳥の習性として、親鳥が「うとう」と言うと雛が「やすかた」と答える。それで、猟師は「うとう」と親を真似て雛を取るんですって。殺生《せっしょう》をしたうえに、親子の愛情を利用して欺《あざむ》くのでそれだけ罪業《ざいごう》が深い。猟師は、殺されて、死んで、責めさいなまれて、それで出てくる。

石牟礼　能では全部に死んだ人たちが出てくる。

伊藤　なんで、あんなに死んだ人たちばっかり……。

石牟礼　私もね、どうして「能」という芸術形式が、こんなふうになってきたんだろうと思っているの。それは世阿弥《ぜあみ》とか観阿弥《かんあみ》とかという人たちがいて、最初から名作をつくっているんだけれど、不思議だなと思って……。そして、あの装束のすばらしいこと、染めも織りも、総合芸術ですよね。あの、面《おもて》を後ろで結ぶ紐とか、胸に結んで垂らしている紐とかに至るまで、見事な美術というか、芸術でしょう。なにしろ、世界でこんな見事な舞台芸術をつくりあげた民族って、ないんじゃないかと思って。

伊藤　また、お能の台本をお書きになるご予定は？

石牟礼　書きたいとは思いますけれど、まだまだ満ちてきていない。

伊藤　満ちてくるものなんですか。満ちてくるんですね、いいですね、それ。

石牟礼　たまたま、お能のことをやる気になっているときに、頼まれたものだから、それならと思って……。

伊藤　でもね、あれを書く前に、「どのくらいお能の本をお読みになりました？」とうかがったら、石牟礼さん、「ええ、読みましたけれど、二冊ほどですかね」とかとおっしゃったでしょ。二冊で書けるんだったら、苦労しないと（笑）。

石牟礼　二冊って言ったって、チッソの前に座り込みしているときに、寒くはあるし、手持ち無沙汰ではあるし、あんまり運動のほうのリーダーでもないし。座っていると、いろいろな差し入れをしに来る人とか、激励をしに来る人とか応対しなきゃならない。その応対も、なんとなく面《おも》はゆいでしょう。それで、世阿弥の『風姿花伝《ふうしかでん》』の岩波文庫を時々、読んでいました。道端だから熱中しては読めないですけれど、魔除けのように、流れに引き込まれないように、持っていたんです。よくわからないけれど、表現について、なんだかこれはすごいことだな、と思うことが書いてある。

伊藤　じゃあ、『不知火』をお書きになる前に、二冊ぽんぽんと読んだわけじゃなくて、何十年と、心のなかにはずっと入ってきたわけですね。

石牟礼　入ってはきていないですよ、全部は。

伊藤　そこで否定はしないでほしい（笑）。私としては。

石牟礼　私はね、じっくり一冊まるまる読むという習慣がない。

伊藤　それ、前に渡辺京二さんからうかがいまして、びっくりしたんです。本はまるまる一冊じゃなかったら、どんなふうにお読みになるんですか？

石牟礼　ところどころ……。二、三行読んで、興《きょう》を引かなかったら、やめるとかね。どこか興を引くところはないかなと思って、ちらっと読んでね。

伊藤　大きな声で言えませんけれど、私もそうなんです。だから、難しい本とか読んで、内容をきちんと把握している人がいるじゃないですか。考えられませんよ。

石牟礼　あれは、感心しますね。世の中にはえらい、すごい人たちがいる。

伊藤　あれはどういう能力だと思う。作家の町田康さんもそう。

石牟礼　町田さんはじっくり読むんですか？

伊藤　すごいでしょう、あの読む力、理解してまとめる力。しばらく前に、熊本近代文学館の公開鼎談《ていだん》を町田さんとやりましたが、飛行機から下りてきたときに、石牟礼さんの本を手にして、ぴしっと、こう始めから「読んでる」という感じですごかった……。

いじめられっ子の味方をしてきた

伊藤　それで話を戻しますが、お経を読みはじめたのはどういうきっかけというか、どんな気持ちで始めたんでしょうか？

石牟礼　さっき言ったように、真宗寺では、刑務所に入る一歩前ぐらいで引き返してきた青少年たちの面倒を見ていました。男の子たちが主で、女の子もたまにはいましたけど、二十歳前後の男の子たちでしょう。私、そういう子たち、好きなのね。そういう子たちと気が合うというか。

伊藤 それはどうして?

石牟礼 どうしてでしょうか。代用教員のときも、言うこときかない、勉強嫌いな元気者たちがいるでしょう。なんか悪戯《いたずら》がしたくてしょうがない。一種の自己顕示を、「俺はここにいるよ、先生」って、そんな子たちなんですね。声をかけられたい。顔を見てもらいたい。その中には、片親の子もいました。おじいちゃん、おばあちゃんに育てられているとか、両親いないとかね。お父さんが兵隊に行っているとか、なんかの訳があって離婚してるとか。受け持ちの中にそういう子たちが必ずいて、なんか仕出かすんですよ。かまってもらいたいわけ。でも一度接触したら、そういう子たちって、とても魅力的なんです。

その延長で、「あ、また、出会ったな」という感じがしましてね、一緒にお経を上げると、文句なく嬉しいの。そして、皆、下手くそなお経で、音痴が多いですからね。代用教員時代に戻ったような……。

それから私が学校にまともに行ったのは小学校だけですから。その後、実務学校という所に行きましたけれども、戦時中で、ろくに勉強しなかったんですね。小学校のときに、クラスの中に、「いじめられっ子」というのがいたんです。

伊藤　今と同じような状態ですか？

石牟礼　ちょっと違ったと思いますけどね。「いじめられっ子」が必ずいてね、わかるんです、いじめられっ子というのは見た感じでも。そして私、油断なく見張っているんです。誰か「いじめっ子」が来て、いじめやしないかと思って。だいたい少し頭がよくて、いい家の子供で、それもまた目立ちたいほう、目立ちたい子たち。

伊藤　えっ、いじめられてる子が？

石牟礼　それはいじめるほう。いじめられている子は、またちょっと違うんですけどね。ぱーっとこう、人間関係図みたいなのがわかるから、油断なく見張っていると、必ず何か起こる。そうすると、すっ飛んでいく。

伊藤　どうなさるんですか（笑）。

石牟礼　「義を見てせざるは勇無きなり」（『論語』）と言うけれど……。あのー、「遊ぶ子供の声聞けば、我が身さへこそ揺《ゆる》がるれ」（『梁塵秘抄』三五九）、というような気持ち。

伊藤　でも、その子たちって大きいでしょう。

石牟礼　大きいんだけど、私、見張ってて何か言うんです。

伊藤　へえー。どんな口調で？　今の口調かしら。違いますよね、きっと。もっと地域の言葉が激しく出るでしょう。

石牟礼　いや、激しくはない。そうしますとね、そのいじめるほうの子が、ちょっと引くんです。それで、それとなくやっつけて、一曲歌ったような気持ちで、「ああ、よかった、よかった」と、パッパッと塵《ちり》を払うような……。

伊藤　見てみたいです。

石牟礼　それで、そのいじめっ子たちは、家の戸に、親たちも畑やどこかに行ったりしていなくなって、私もいないときに、泥水を、泥の固まりを戸に叩きつけたりしてね。「また、道子がなんかやったろ」って、親が私を怒るわけ。

伊藤　悪い子ですねぇ。その子たちは石牟礼さんのことを、なんて呼んでました？

石牟礼　「バカ道子〜」って（笑）。

伊藤　いじめっ子たちは、同級生？

石牟礼　私が食ってかかったのは同級生か、あるいは上級生だったです。男の子。

伊藤　それは本当に「義を見てせざるは勇無きなり」ですね。

石牟礼　言葉は知らないけれど、そういう気持ち。なつかしいです、今。

伊藤　口でやっつけるんですか、手も出ます？

石牟礼　手ではかないませんからね、口でやっつける。そんなところは父に似ていたんだと思いますよ。もう、町内で喧嘩があると、青年団長かなんかが、すぐ父を呼びに来る。「喧嘩が始まった。亀太郎さん、来てくれませ」って。すると、すっ飛んでいく。そして、「仲裁しに来てください」と言われているのに、父は自分がその喧嘩を買ってくるんですよ。

伊藤　お父様は体も暴力的に、巻き込まれて？

石牟礼　どうだったか。その現場は見たことないですけどね。でも、母が「はあー」っと溜め息をついて……。

伊藤　石牟礼さん、今もそんな感じじゃありません？　あの産廃施設建設のときもそうだし水俣病もそうだし。喧嘩というにはあまりに大き過ぎますけれど、飛び込んでいかれるでしょう。

石牟礼　飛び込んでいくようなところがありましてね。もうやめようと思っています。

伊藤　でも、今までそれで来られたから（笑）。揉め事がお好きというんじゃなくて？

（笑）

石牟礼　好きじゃないですよ（笑）。

伊藤　「弱い者いじめ」が嫌で、それですね、お父様もそうだったんでしょうね。

石牟礼　父はまったくそういう人でした。

父と母の老いと病気に向き合うと『梁塵秘抄』が現われる

伊藤　そうそう、この間私、「地蔵和讃」というのを読んだんですよ。お読みになったことありますか？

石牟礼　御詠歌のようなものですね。読んだことあります。

伊藤　「一重《ひとえ》積んでは父の為、二重《ふたえ》積んでは母の為……」。死んだ子供たちが三途《さんず》の川へ行って、賽《さい》の河原で石を積んで遊んでいる。昼は一人で遊べるんですが、日暮れになると、地獄の鬼が現われて、「やれ汝らは何をする。娑婆《しゃば》に残った父母は、お前らのことを悲しんで、何の供養もしてないようだ、お前らがこれを積むたびに、お前らの身に返ってきて、苦を受けるもとになる、俺を恨むなよ」と言って、積んだ石を崩すんです。子供たちが泣きわめいているところに、地蔵尊が現われて、「これからは俺を父母と思って頼っていいんだよ」と言って子供を抱きしめてくれる、まだ歩けないような幼い子は、杖に寄りかからせてくれる、それで「ありがたやー」っていう和讃。これにはぽろぽろ泣きました。しばらく前のことですが、母に語って聞かせたら母もぼろぼろもらい泣き。何にこんなに揺さぶられたかなあと思って。

石牟礼　いいお話ですねえ。

伊藤　私の父や母が今死にかけてますでしょう。「死にかけてる」と言っても、まだまだ「あと十年生きる」と言ってますけれど、年取ってますよね。感じるのは、父も母も、どこにも行く場所がなくて老いていってるなということ。拠り所がないと言いますか。父はいろんな経験のある、とっても面白い人だったんです。私は娘として、本当に父が好きだった。でも、ここに来て、何もかも投げ出しちゃったというか、何もすることがなくて。一日家の中で、何をしているんでしょう。時代小説を読んでいるぐらいなんですよ。で、「つまらない、つまらない」といつも言うんです。寄りかかるものが何もない。母は母で病院でそんな感じでしょう。本も読めない、テレビも見たくない、なんにもしないで、ただ中空にぽかんと漂っている、ぽかんと。

ここにもし信仰みたいなものがあれば、ずいぶん楽なんだろうなと思うけれども、二十代の初めで戦後を迎えて、戦争ですごいトラウマを負って、なんにも信じられなくなって。高度成長期で、物を消費して捨てることを覚えて、今までの価値観は何も信じられなくなって。

老いてみたら、本当になんにもない。あの、あんまりの何もなさに、見てて恐ろしくなるぐらい。で、私も、自分自身のことを考えて、どうにかできないかと思うけど、宗教というのも、今からお寺に通ったり教会に通ったりする気にもなれないし、どうも宗教というのが何かちょっと……。でもそのうちになんとなく、『梁塵秘抄』とか、『発心集《ほっしんしゅう》』とか、そういう宗教的な古典文学にすごく惹かれるようになってきた……なぜか今。

石牟礼 それはあなたがでしょう、ご両親じゃなくて。

伊藤 私がです。

石牟礼 それはお互いに、人はいかに生きてきたかというのがあるでしょう。『梁塵秘抄』にはね、その手がかりがあるんです。

伊藤 どういう手がかりだと思います?

石牟礼 心の手がかり。心の飢餓を抱いて、人はあの時代からこういうふうに生きてきたのか、というのが、一言一句こたえます。

伊藤　こういうふうに生きてきたのか？

石牟礼　今の私たちの感情と変わりませんよね、同じ世界を求めて生きてきたのか、と。それは物質的なものでも、現世《げんぜ》的なものでもなくて。「仏は常に在《いま》せども」（二六）というのがそれだし、「現《うつつ》ならぬぞあはれなる、人の音せぬ暁《あかつき》に、仄《ほの》かに夢に見え給《たま》ふ」と続きますね。これは、「仄かに夢に」というのに頼って生きているんですよね。仏というのは、あなたがおっしゃったように、死んだ人を仏というんじゃなくて、人は非常に精神的な深い所に、あるいは高い所へ行きたいという望みがある。

どんな人がそれを歌ったのか……。それこそ「海山稼《うみやまかせ》ぐ」（二四〇）のあの歌みたいな。「海山稼ぐ」というのは、あれは江戸時代の遊女たちと違って、もっと自立した歌い手集団だと思うんですが、海山にいる男たちをも相手にして生きてきたという意味ですよね。

伊藤　あれは、もともとの意味は、「海山稼ぐ」って、私は「殺生をした」という意味だと思うんですよ。

石牟礼　それもありますよねえ。

伊藤　でも海山……、そうですね、私なんです。石牟礼さん、どんな気持ちでお読みになっていらっしゃる？　どこに惹かれて？

石牟礼　現世では何も報われることがない、現世では生きてゆける場所がないと、全編を通じて、そんなふうに読みますね。

当時の遊女は一説によれば、「律令制で出来た戸籍簿からも自由で、税もおさめない人たちだった。ジプシーのように移動自由」で、そのかわり自分の芸だけで生きてゆかなければならない。孤独を花にしてゆける芸域がそこから生まれたのではないか。それゆえ、お互いに救いを求めているけれど、その救いというのは、現世的な幸福は望まないけれど、精神の安らぎというか、深い精神の世界があるに違いない。お互いに不幸を持ち合っているという連帯感のようなものが、たぶんあの歌の世界にあって……。

伊藤　不幸を持ち合っている、ね。

後白河院が『梁塵秘抄』に込めた願い

石牟礼　私が面白いと思うのは、後白河院、『梁塵秘抄』を集めて残した法皇が、口伝の中に、「詩をつくり、和歌を詠み、文字を書く（文字を書くというのは書家ですね）輩《ともがら》は、後世に自分の生きた印を残せるけれども、声わざ（技）は残らない。それが残念で自分は今様その他を集めて口伝をつくった」と書いていることです。「声わざ」とは声楽。ご自分を含めて、歌う人ですね。声を出して歌うことが、まだ芸術表現として、社会的位置を与えられていなかった。

あの人は、声が一生の間、三度割れたって。十余歳《とおよ》の時分から勉強しはじめて、声を三度も割って、一生懸命、歌を教えて歌って。あるいは遊女のような人たちを集めて師匠にして習って、一生懸命習ったけれども、この歌というのは「声のわざ」と自分で言っているけれど、「声のわざというものは、ただ歌うだけじゃなくて、この歌の中には人間の願いを込めてあるんだ」と。「その願いを表現できる弟子が後世には、たぶんいないんじゃないか」と危惧していた。その「願い」というところ、私、そういうのもわかる。やっぱり願いというか祈りながら歌っていた人たちが、特に下層の女たちの中には、あったんじゃないかと思います。

だから、「仏《ほとけ》」という言葉で表現しているけれども、歌うことによって、お経よりも力を発揮するんじゃないかと。後白河院という人は、人の供養をしたり病気の祈願をするのに、祈りを込めて歌を歌って、治療効果があると信じていた。けれども「その願う気持ちをわかってくれる人が、後世にはいないんじゃないか」って。

願いというけれど、私たちが『梁塵秘抄』を読み継ぐのに、当時は何を願っていたんだろうか。身の周りに、当時にすれば非常に身分の卑しい人たちをもたくさん集めて、選《よ》りすぐって、鼓《つづみ》の上手な人たちも集めて、一人ひとり歌わせたり、自分が歌ったりするんだけれども、皆に合唱のようなのもさせていますものね。大変、質の高い歌い手たちを集めていたと思うんです。それでもって、後白河院が表現しようとしていたのは、なんだろうと思います。彼の一つの「思想集団」、思想という言葉は当時はありませんでしたけれども、何か時代を表現したかった。

新興武家集団に対してしたたかな院政を敷いていたことは、この『梁塵秘抄』の口伝集からはすっぽり抜けてますけれど、後白河院の弟子や取り巻きの中にはいろいろな人がいました。鹿《しし》ヶ《が》谷《たに》の謀議という事件があったでしょう、俊寛《しゆんかん》とかが流された事件。源平を含めた武家勢力がいろいろあって、さまざまな事件を起こしている。後白河院を取り巻く側近たちは、非常に位のある、一種芸術家気質の人たちだけれども、政治的にはあやふやな危険な存在でもあった。それで私は、あの一人ひとりの弟子たちが、大変気にかかる。

伊藤　その「願い」ってなんでしょう?

石牟礼　なんでしょうね。世俗的な人間関係から離れたかったのかも。兄の崇徳《すとく》天皇(崇徳院)には冷たくしていますし。現世では人は救われないとは思っていたでしょうね。

そして、女性たちは穢《けが》れが多いという意味のことを、後白河院は書いているんです。女たちも、歌うことによって、その境涯を脱却することができるだろうって。穢れが多いって言ったって、ご自分はわかっているだけでも、十七人ぐらい、えりどりみどり手をつけた女たちがいるそうですから、さっきも言いましたが、女性蔑視というのは充分あるんだけど。

乙前という七十二歳の今様の名手を見つけてきて、宮中に局を与えて住まわせて、師弟の礼をとっていたでしょう。その人が死んだときなんかは、一年間ずーっと法文歌や今様を歌って法華経も唱えて供養をして。それと、しきりに、江口《えぐち》や神崎《かんざき》の主《あるじ》たちとかが、出入りしてますでしょう。江口や神崎の遊女たちというのは、当時の貴族たちの遊びに行く有名なところですよね。どういう時代かなと思っています。

伊藤　「願い」、なんでしょうね。

石牟礼　後白河院の願いって、「自分の志は後世の人には、わかってもらえないに違いない」って。字が上手とか、和歌の上手な歌人たちは名を成して、後世まで残って、たたえてくれるだろうけれど、自分が『梁塵秘抄』を集めて書き残すのは、願いがあるからだと言ってます。声のわざが芸術性と宗教性を獲得しているという自信があったようで、一種の思想表現でもあるのです。この人自身、よほどの名手だったのでしょう。

伊藤　でも今、まさに私たちはその「願い」を、何か感じとって、なんだろうとわかろうとしていますよね。それに惹かれているわけです。だから、後白河院の予測は外れましたね。

景戒が『日本霊異記』に込めた願い

石牟礼　時代を隔てても、心はわかると思うんですね。

伊藤　すっごくそれに惹かれるんですね。『日本霊異記《りょういき》』ってあるでしょう。しばらく私、あれを夢中になって読んでいた時期があって、何に惹かれたかというと、その中にあるエロやグロ。

石牟礼　エロ、お好きですものねえ（笑）。

伊藤　ええ、大好き（笑）、エロとかグロもなんですけど、実は一番惹かれたのは、著者・景戒《けいかい》の「まえがき」なんです。三巻に分かれていて、三巻それぞれ、まえがきがついてるんですよ。で、だんだん、破れかぶれになっていく。

「自分というのは、本当に昔から勉強できなかった。字も汚いし文章も書けないし、本当にどうしようもない。だけど、こんな自分でも、伝えられることはある」と。どうも、お話が好きで好きでたまらない人だと思うんですよ。つい読んだり聞いたりして、集めちゃう人だったと思うんです。で、「日本にはこんなすごいことが起こってるんだ、それを人に伝えたい」と。まだそのころは、浄土思想の盛んになる前ですからね、念仏唱えればいいなんてメソッドもない。だけど、自分がお話を伝えることで、皆をいい道に連れていってあげたい、一緒に良か所に行きたい。どんな貧しい人も、どんな悪いことをした人も、手を取って一緒に連れていってあげたいという「願い」があるんです。

石牟礼　あなたも『日本ノ霊異《フシギ》ナ話』で書いていらっしゃいますけど、景戒が自分を最低の人間とする、あそこがいいですね。

伊藤　あそこがいい。この私でも連れていってあげたいという、一緒に行きたいという、その願いが、上巻、中巻、下巻、全部のまえがきに書かれてあります。そこに惹かれて。願い。でも、それを考えたら、石牟礼さんの作品は皆、その願いがありますね。「それは、なんですか？」と言ったら、あまりにも膨大でお答えになれないと思うんですけど、似てません？　願い。

石牟礼　普遍的な感じがしますね。一番最初に仏教が入ってきたときの形というか、人というか、景戒の書き残したものに、非常にそれがね、荒々しく……。

伊藤 荒々しく、出てますよね。彼は行基《ぎょうき》をすごく尊敬していたんですね。その行基についても、あんなことした、こんなことした、っていうお話がいっぱいあって、本当に荒々しい形でですけど、その願いが、どんなちっちゃなお話にも、どんなエロいお話にも込められていて、願い、願い、願いって……。今、石牟礼さんがおっしゃったその「願い」という言葉が、ずーっと、続いているような気がするんですね。後白河法皇でしょう、そこもずーっとですよね、人の声と言いますかね。

石牟礼 人間というのはね、願う存在だなと思いますね。

伊藤 「願う」と「祈る」は違います？

石牟礼 似てますね。

伊藤 「呪う」も同じでしょう。

石牟礼 逆に言えば、人間はそれほど救済しがたいというか、救済しがたい所まで行きやすい。願わずにはいられない。

石牟礼さんの願いとは

伊藤　願わずにはいられない……。で、聞かずもがなのことを確認のためにうかがいますが、石牟礼さんの作品は、初期から今に至るまで、それをなんとか書き表わしたいと……。

石牟礼　ほかに方法がないですね。進歩がない。

伊藤　いやいや、そんなんじゃなくて、やっぱり願いを書きたいと。その思いでお書きになっていらっしゃいますか？

石牟礼　そうですね。

伊藤　そうですよね。そうなんですよ。読んだものもそう思うんですよ（笑）。進歩がないですよねって（笑）。

その「願い」というのは、何か、それがわからない。でもそれを言ってしまったらいけないような気もする。あえて言ってしまうと、人を救済する願い。

石牟礼　救済なんてできませんよね。まず自分が救済されないですから。

伊藤　でも、自分を救済しようと思ってお書きになりました？

石牟礼　いいえ。

伊藤　何を救済しようと思った？

石牟礼　救済しようと思わない。

伊藤　ですよね。そうなんですよ。何を願って……。

石牟礼　少なくとも、「今よりは、少しマシになりたい」とは思うんですね。

伊藤　書くことで？

石牟礼　いやあ、書いたってね。

伊藤　『苦海浄土』は、たしかにあれをお書きになって、だいぶ世の中は変わりました。でも『あやとりの記』は、この素晴らしい小説というか、詩の長ーいものですね、呟《つぶや》きのような。これを書いたからといって、世界の情勢が変わるっていうんじゃないですよね。

石牟礼　そうですね、全然。

伊藤　このときの願いはなんでしょう。願いはたしかに伝わってくるんですけど。

石牟礼　……私はどこから来たんだろう、と。どこまで遡《さかのぼ》れるかな、というのが。どこから来たのか。でも、それは今日もできてない。「流々草花《るーるーそーげ》」ですよ。

伊藤　「遡れるか」ね。その「遡る」というのは、お父様やお母様の代じゃないですよね。もっと長いですよね。なんで、それに感動するのか。私は解き明かしたいんですけど。石牟礼さんは、「自分が生まれたことは、何かの意味があるんだ」というような感じがあるんですか？

石牟礼　いや、というよりは、この世に意味のないものは何もない。

伊藤　なるほど。何かの役割とか、何か課せられたものがあるとか、そういうものとは違うんですか？

石牟礼　役割とも違いますね。役割を自分は見つけたとしても、その役割を果たすというのは至難の業《わざ》で、ただ、なんか「縁《ゆかり》」がある。ゆかりというのは具体的な結びつきではなくて、ただ、川を一人の赤ん坊が流れていくと、目に映る物が美しかったり、恐ろしかったりもするんだけども、せめて美しく見えたことを思い出すために、思い出すために書き留めておきたい、ということでしょうか。

宗教とは

伊藤　大上段に振りかぶった質問をします（笑）。振りかぶって大きく投げましたという感じなんですけど、宗教はお持ちですか？

石牟礼　私に？　別に何宗というのはないですよ。ヨーロッパのものも東洋のものも、日本のものも何宗ってないけれど、「すべては生命である」という気はしますね。

伊藤　でもさっきから、たとえばお経にしても、この声明、『正信偈』にしても、仏教に偏《かたよ》ってますよね。これはやっぱり生まれて育った土地に、周りにあっただけのことでしょうか。

石牟礼　そうですね、周りにあっただけのことですね。

伊藤　じゃあもし、キリスト教の領域に生まれたら。

石牟礼　でも、ちょっと違うかもしれません。キリスト教は一神教でしょう。土着的なアニミズムなどは入ってこないですね。

伊藤　浄土思想というのは、一神教にすごく近いのかなと思っていました。

石牟礼　親鸞さんの時代に、アニミズムみたいなのを排斥しますね。だから。

伊藤　アニミズムですね。でも、石牟礼さんは、神道とか、あの辺の言葉はお使いにならないでしょう。

石牟礼　神道は身の周りにありませんでしたから。

伊藤　やっぱりそれなんですね。

石牟礼　言葉として知らない。影響がなかった。嫌いか好きかわからない。知らない。

伊藤　アニミズムの根本は生命《せいめい》ですか。

石牟礼　生命ですね。

伊藤　ありますね。生命……。

石牟礼　生命って草木《くさき》も含めて、あなたがよくおっしゃるけど、風土に満ち満ちている生命、カニの子供のようなのから、微生物のようなものから、潮が引いていくと遠浅の海岸に立てば、もうそういう小さな者たちの声が、ミシミシミシミシ遍満《へんまん》している気配がするでしょう。そういう生命ですね。

「そらのみぢんにちらばれ」——宮沢賢治との共通点

伊藤　それに対して感じる気持ちは、畏《おそ》れ？

石牟礼　畏れというか、融和しているというか、自分もその小さな生命の中の一つで……。宮沢賢治にありますね、「このからだそらのみぢんにちらばれ」（詩「春と修羅」）というのが。それと「宇宙の微塵となりて無方の空にちらばらう」（「農民芸術概論綱要」）というのもありましたし。

伊藤　あの人は日蓮宗だけども、究極的には同じ宗教ですね、石牟礼さんと（笑）。

石牟礼　ねえ。そらのみじん、宇宙の微塵、私は宇宙というよりも「浜辺の微塵」……。

伊藤　じゃ、宇宙の微塵にとって、死ってなんですか、「死ぬ」ということは？

石牟礼　まあ微塵になって、あれは「蘇《よみがえ》る」という言葉はありますか、あの詩には？「ちらばれ」だから。

伊藤　あの詩はたしか散らばりっぱなし……。

石牟礼　散らばるというよりか、私はどっかの葦《あし》の葉っぱかなんかに、ちょっと腰掛けていたいような気がする（笑）。

伊藤　それが死？　散らばって腰掛けている状態ですか。

石牟礼　そうですね、風にそよいで、草の葉っぱかなんかにね。

伊藤　お父様が亡くなったとき、それからお母様が亡くなったとき、やっぱり宇宙の微塵となって散らばった感じがしました？

石牟礼　あの人たちはお浄土というのがあったと思うんです。父はしょっちゅうお経を上げていましたからね。自分が善人とは思っていなかったに違いない。父は何か、この世での修行が足りないと思っていた。でも、決して抹香臭《まっこうくさ》い人ではありませんでした。

父はとんでもない音痴でね（笑）。それでね、しょっちゅう宴会をしてましたから、土木請負業で若い男の子たちを家に呼んで。食事には酒がついてますし、宴会が始まって、皆、とんでもない音痴ということは知っているから、一番最後に歌わせるんですよ。「亀太郎様、亀太郎様、ほら真打ち、真打ち」とかなんか言って。本当の真打ちはおじいさんの松太郎のほうで、これは美声でね、『江差追分《えさしおいわけ》』をあんなに上手に歌う人、聞いたことない、のど自慢でも。さびさびとしたいい声でね、祖父は。

亀太郎のほうは、元の節はいったいどこにあったかと思うくらい、もう調子っぱずれの歌を、とろけるような顔をして歌うんですよ。ひと節ごとに皆、違う。若い者たちがお腹を押さえて、お膳を引っくり返して喜んでいました。ちっとも恥ずかしがらないでね。とろけるような顔をして、素《す》っ頓狂《とんきょう》な節で。あれ、世界音痴大会に出したら、グランプリですよ（笑）。

伊藤　それ、ご本人はご存じでした？　自分が音痴だと。

石牟礼　それは私、聞いておけばよかったけど。自分には、どんなふうに聞こえていたのかしらね。あんなに人を喜ばせて、自分も嬉しくて、あのとき父は非常に幸福だったたんでしょうね。

伊藤　それでも歌はお好きだったんでしょう？

石牟礼　聞いているのも好きだったんでしょうね。「自分も歌おうばい」と思って、待っていましたからね。それはもう、歌い聞かせたくてですよ。あのくらい音痴だと、もう世の中、聞いた人たちは幸福になります。

石牟礼さんの愛唱歌

伊藤　石牟礼さんはお歌いになります？　どんな曲を。

石牟礼　たまに歌います。「懐かしのメロディ」のようなの。

伊藤　どんな歌が石牟礼さんにとって「懐かしのメロディ」ですか。『月がとっても青いから』とか？

石牟礼　いやいや、『浜辺の歌』とか『椰子の実』とか。

伊藤　それは、小学唱歌みたいな……。

石牟礼　女学生の唱歌。

伊藤　ああ、なんで、そういうものに惹かれるかわかる気がする。

石牟礼　そんなのしか知らなかった。

伊藤　なんか、あれって願いがこもっていません？　どれもこれも、無常観です。日本人って四季が好きじゃないですか。なんで好きなのかって考えた。きっと無常だからですよ、移ろうんです。だから、「そらのみぢんにちらばれ」というのも、感じは一緒なんです。

そう思いません?

石牟礼　思いますね。

伊藤　『浜辺の歌』で「あした浜辺をさまよえば……」とある、その浜辺は「ゆうべ」にはもはや同じものではけっしてない……。私はよく『故郷《ふるさと》』を歌います。

石牟礼　私、『故郷』を歌うと、もう、すぐ泣いちゃう。

伊藤　私も。あれは泣けます。私、曲も詞も同じ人(作詞・高野辰之、作曲・岡野貞一)がつくった、「菜の花畑に入り日薄れ」(『朧月夜《おぼろづきよ》』)ってあるでしょう、あの二番が好きなんですよ。「蛙《かわず》のなくねも、かねのおとも……」、あれ、全部「も」なんですよ、あそこが好き。

石牟礼　好きですね。

伊藤　小学唱歌いいですねえ。

石牟礼　いいですねえ。だから父はね、あんなに人を幸福にして、自分も幸福で、だから地獄に行かなかったんだろうと思いますよ。

自分が死ぬということ

伊藤　じゃあ「浄土」ってあると思います？　死んだ人はそこに行くと思います？

石牟礼　それはね、私も思いますけど、あるんじゃないかという気がする。

伊藤　そうですね、石牟礼さんは意識がなくなってしまったら、もうそれでお終《しま》い、とは思いませんよね、きっと。

石牟礼　そう思わないこともないけれど、皆の願いがあるから。あれほど皆、先祖代々、「お浄土へ行かせてください」ってね、後生《ごしょう》を願うとかね。

伊藤　「後生を願う」という言葉は、とても好きです。

石牟礼　のちの世。現世では行く所がなかったでしょうし。現世では、どっちみち苦しい。誰でも苦しい。だからせめて、後生を願いに行くって。願いに行くんですからね。願いという言葉は、本当にあれですね。

伊藤　そうですね、さっきから出てきて、これがやっぱり一番大切かもしれませんね、「願う」っていうのが。

石牟礼　お寺にお参りすることを、「後生を願いに行こうか」と言いますしね。

伊藤　現世ではたいしたことはないと。ご自身が今、七十八歳でしょう、自分が死ぬということ、今お考えになりますか？

石牟礼　毎日考えていますよ。

伊藤　どんなふうに。

石牟礼　早く行きたいなと思って。

伊藤　そっちのほうに行きますか。でも、怖くないですか。今までやったことないですもの。

石牟礼　怖くない。

伊藤　痛み、苦しみは？

石牟礼　痛みだけは嫌ですねえ（笑）。

伊藤　悲しみは。

石牟礼　逝くことに対してですか？　ない。

伊藤　でも名残は？

石牟礼　名残はもう充分……。

伊藤　惜しくありませんか？

石牟礼　もう充分ね、生きたような気がする。

伊藤　もうご家族とも、充分生きたと。

石牟礼　はい、ちっとも怖くない。いつでもいい。

伊藤　毎日考えてらっしゃる？　どういうときに。

石牟礼　毎日。朝目が覚めるとき、「まだ生きてるなあ」と思って（笑）。

伊藤　本当に……。それは？

石牟礼　なんか、いろんな人に、生きていることで「迷惑かけているなあ」という気がして。迷惑かけながら生きているなあと思って。

伊藤　でもそれは、鬱《うつ》な気持ちとは違うんでしょう。お幸せでしょう？

石牟礼　鬱な気持ちかもしれませんよ。

伊藤　鬱な気持ちだと思われます？

石牟礼　はい、ずーっと小さいときから鬱だった。

伊藤　小さいときから？　じゃ、今特別、ここ数年、その鬱がひどくなったというんじゃなくて、ずっと同じ状態で？

石牟礼　じわじわ、じわじわひどくなってる。

伊藤　そうですか。それは、じゃあ治そうという気持ちは。

石牟礼　治らないから。

伊藤　これが常態なんですね。ちっちゃいときから、早く死にたいと思ってました？

石牟礼　はい。

伊藤　こういう人ならいくら年取って、いくら死に直面してもいいですね（笑）。怖くもなんともないでしょう、一歩踏み出すのに。

石牟礼　はい。痛かったり苦しかったりするのは嫌だから、どうすれば……。しかし、これは自分で選べませんものね。

伊藤　万が一、すごく苦しい思いをしたら、どうしたいですか？

石牟礼　それは早く終わりたい。

伊藤　じゃ、お医者さんに言っておきますね。「石牟礼さん、早く終わりたい」って言ってましたって（笑）。

石牟礼　いや、もう言ってある。

伊藤　言ってありますか。どういうことを言ってあります？

石牟礼　自分で自分が……例えばおトイレに行けなくなったり、「もうどうしても見込みがないときは、延命措置は一切しないでください」とか。

伊藤　どこに線を引きますか。おトイレに行けなくなったとき、意識がなくなったとき、あるいは食べられなくなったとき？

石牟礼　意識がなくなって、おトイレに行けなくなったとき。

伊藤　でも時々、意識はあっても、おトイレ行けないときってありますよ。そのときはどうします？　意識は今のままにあるんですよ。あって、おトイレに行けない。自分で言えますよね、「もう死にたい」と。でも、今の状態では、かと言ってお医者様が石牟礼さんに一服盛って殺すということはできませんよね。

石牟礼　そうそう、尊厳死でね、そういう法律ができないかな。そういうことを思っている人たちで頼んで、尊厳死というのを認めてくれないかなぁと思ってます。

伊藤　でも、おトイレに行けない状態でも、頭がしっかりしていたら、あと三十年ぐらい生きることも可能ですよ。

石牟礼　それは苦痛ですね。

伊藤　そんな状態でもやっぱり生きていくでしょう。

石牟礼　生きていたくなーい。

伊藤　おトイレって、やっぱり大きいですかね。

石牟礼　大きいです。

寝たきりの母が「生きたい」と言う

伊藤　大きいですかね、慣れちゃうんじゃないかと思うんですよ。うちの母は、若いころからだいたい鬱っぽい人で、「いつ死んでもいいから」なんてしゃらっとして言ってたりしてました。でも、こうして両手両足が動かなくなりましたでしょ。この間、肺に水が溜まって息が苦しくなったんです。そうすると、やっぱり救いを求めるんですよ。苦しいからなんとかしてくれって言う。見てましても、ああ、命って生きたくてあがくんだなと。「先生、一服盛ってください」って言ったのは、助けてくれ助けてくれとさんざん苦しんだあとでしたものね。そのときは透析して一命とりとめましたけどね。今も、おトイレ行けませんし、自分で食べられないんです。でも、意識はあるし、そこまでボケてもないんです。ずーっとこうしたまんま、生きている。「死にたい」とか鬱にならずに。ここ一年くらい観察してきて、いざとなったら人間って、生きたいのかなと思って。

石牟礼　「いきたい」って、生きるという意味？

伊藤　ええ、生きていたいのか。死にたくはないのかなと思ったんです。

石牟礼　昔の人たちは、年を取った人たちが「早う、お迎えが来ればよかばってん」って、よく言ってましたよ。

伊藤　言ってました、よく聞きましたね。

石牟礼　しかし、生命力というのは個々に違うから、「生かされる」ということ、ありますね。

伊藤　じゃ、自分ではどうにもならないこと。

石牟礼　どうにもならないんじゃないんですかね。そうなったら、本当に、お宅のお母さん、娘さんに看取られるの、一番お幸せ。

伊藤　苦しいと思うんですね。ああなった直後はかなり鬱になってぼーっとしてましたけど、ある時点で、「もう私は鬱を抜けた」って言いました。最初は、やっぱり、毎日毎日、なんでこんなふうになったのかな、死んじゃいたいな、って思ってたって。それでも、「殺してくれ」とは言わないんですね。

石牟礼　ところで、人に「殺してくれ」と頼むのは、これも大変わがままで、「はい、そんならご期待にお応えして、そういう処置をします」と、言えないですよ。頼まれたほうは、殺人行為だから。

伊藤　言えないですものね。そしたらやっぱりあれかしら。本当に、どこかから死がやって来る、あるいは命が終わるまで生きていなくちゃいけないものなんでしょうか。そのお覚悟でいらっしゃいますか？

石牟礼　そうですね。

伊藤　でも、どこでそれをやめるか。たとえば今、「おトイレ行けなくなったら、延命措置はしないでほしい」とおっしゃったと。その時点で、持っていらっしゃるいろいろなご病気、おありになるでしょう。たぶん、お薬を毎日たくさん飲んでいらっしゃると思うけど、それをやめますか？

石牟礼　やめます。それまではパーキンソンで手足が大変不自由なので、飲みますね。それで、糖尿の薬も飲んでるんですけど、飲まないでいると脳梗塞とか来るそうですから、半身不随になりたくないし。これもやっぱり周りに迷惑かけることになりますから、これもそのときまでやめられない。

伊藤　でも、おトイレに行けなくなっても？

石牟礼　おトイレに行けなくなったら、どうするのかな。それはね、延命措置というのか、何か人工栄養を外すとか、それはやっていただけるんじゃないかと思うんですよ。

伊藤　そう、ご自分で初めから明確にしていれば。

石牟礼　はい、それに無駄に、ただ命を長らえるということは嫌ですね。それは頼んである。それは殺人行為にならないでしょう。

自殺を考えたこと

伊藤　自殺はお考えになりませんか？

石牟礼　考えますよ。

伊藤　そうですか。実際にしようかと思ったことは？

石牟礼　それは何遍もありますけど。

伊藤　若いころ、おありになったでしょう。それは、どんなときにありました？

石牟礼　子供のときに、川に飛び込んだことがある。いくつぐらいだったかしら、七つ、八つだったかな。

伊藤　そんなに小さくて？　それは「もう死のう」と思って？

石牟礼　子供でも、生きているのはいろいろつらいですからね。梅雨のころ、家のそばの小さな川が氾濫《はんらん》したので、ぽーいと飛び込んで、そしたら向こう岸に打ち上げられちゃった（笑）。

伊藤　そのとき、意識はありました？

石牟礼　ありました。

伊藤　じゃ本当に向こうに流されちゃった感じ。生きててよかったですねえ。

石牟礼　だいぶ流されて観音堂の手前の溝の土手に上げられちゃった。田んぼ見回りに来ていた大人の人が、「あら、子供が流れてきた」って言って。そして、「お前の家はどこか」と聞かれて、横抱きにされて家に連れられて帰りました。

伊藤　その、流れているときも？　怖くありませんでした？

石牟礼　いいえ。

伊藤　そうですか。じたばたしません？

石牟礼　したと思いますよ。

伊藤　後悔してる？

石牟礼　いいえ。

伊藤　やっぱり、死にたいと。

石牟礼　人形さんを持っていたんです、市松人形をね。人形さんが流れていっちゃったもんで、なんて言うのか、ほら、「私の代わりに人形さんが流れていった」と思った。

伊藤　そうですねえ、持っていらしてよかった。本当にそれは身代わりですね。

石牟礼　身代わりですね。それからね、十九ぐらいのとき、「昇汞《しょうこう》」（塩化水銀）を飲んだことがあるんですよ。昇汞って水銀じゃないですかね。そうしましたらね、すぐに吐いたんですよ。

伊藤　そんな薬をどこで手に入れたんですか？

石牟礼　その昇汞は理科室、代用教員をやっていたときの学校の理科室にありました。すぐもどしましたけども、そのときちょっと怖かったのは、しばらく意識がなかったんですね。吐き出したときは弟がすぐそばにいて、お医者様を呼んだらしくて。どういう症状だったのか私はわかりませんけど、ただ、自分の意識では、真っ暗な出口のないトンネルの中に入っていく気がして、真っ暗で出口がない。明かり一つ見えない出口のないトンネルの中に吸い込まれていくというのが、一瞬、ちょっと怖かったですね。

伊藤　まあ……。飲んだときは躊躇《ためら》いもなく、ぐびっと、死ぬつもりで？

石牟礼　はい。

伊藤　何か直接的な原因はありますか？　それとも一般的な気質で。
石牟礼　気質ですね。
伊藤　やっぱりそうですか。でも、何かがないと、その引き金になりませんでしょう。単に溜まっていっただけかしら。
石牟礼　一つは祖母が狂女でしたから、「可哀そうに、可哀そうに」といつも思ってましたから、けれども、世話しきれない。私が世話係のようなことをやってましたけれど、それもあったかもしれませんね。そして弟が私と年子で一つ下でしたけど、弟のことがいつも気になって、親から私が可愛がられて、弟はあまり可愛がられない、特に父から。弟のことが可哀そうで。
伊藤　でもそれは石牟礼さんの責任じゃないですよね。
石牟礼　じゃないんですけど。今でもありますね、「弟が可哀そうだった」って。

弟の死

伊藤　弟さんが亡くなったときのこと、おつらいでしょうけど、お話しいただけますか？
石牟礼　「これで弟も楽になったたな」と思いました。

伊藤　楽になった……。そのときには、じゃあ「自分の責任」は感じませんでした？

石牟礼　自分がというか、人間の運命というか、「不幸な一生だったな」と思って。

伊藤　お若かったですよね。

石牟礼　二十九歳。……汽車に轢《ひ》かれて死んだんですけどね、自殺とも思えない。というのは、チッソに勤めていたんですけど、お弁当がらの中に、お肉を買って詰めてたんですよ、それを持って、それが弟の死体のそばに転がっていたの。だから、家族のためにお肉を買ったんだと思うんです。

それで私はその晩、谷川雁さん（注・熊本県出身の詩人、評論家、サークル活動家）の奥さんの所に、何人か女たちが「ノラの会」という名前をつけまして集まりまして、そこに行きましたら、使いが来て、「早う帰ってこい」って。もう弟は家に安置してありましたけれど、頭をやられて頭に包帯をして、幸い顔はどうにもなっていなかったの。そのときに、弟の娘がいくつくらいか、よちよち歩きで……。何か落ちてやしないかと皆で現場に行くと、弁当がらのお肉と、その娘が三つくらいだったのかな、「おとうたんの指のあった、ほう」と言って、小指かなんかを拾って、エプロンのポケットに入れたんですよ。

仏様の前に寝かしてある弟の指に、それをつけて包帯をつけてやって、そういう死にざまだった。「これでもう苦しまなくていいな」と思った。大変感受性の強い弟だった。学校の成績はそんなによくなかったけど、生きていれば、私に一番近い気質だったから。

伊藤　仲のいいごきょうだいでした？

石牟礼　仲はよかったです。

伊藤　一つしか違わないんでしょう。じゃあ、「やっとこれで楽になった」と。

石牟礼　そうですね、弟は苦しんでいましたから。

自分は半端な人間で

伊藤　苦しい……今もおつらいですか？　石牟礼さんご自身、生きてるってことそのものが。

石牟礼　そうですね。

伊藤　どういうところが。人との関わり、それとも？

石牟礼　どう言ったらいいんでしょうねえ、……人との関わりと言えば、自分は半端《はんぱ》人間という気がするんです。

伊藤　半端人間？　でも、その半端な人間に救われている人間もたくさんいます、ここにもあそこにも。

石牟礼　半端な人間ですよ、私だけでなくて、生命、特に人間は、生きていくことが世の中に合わないというか。

伊藤　人間が？

石牟礼　人間が。どこか無理じゃないかと。私だけじゃなくて、無理しなきゃ生きていけないんじゃないかって。どんな意識を持つか、それはわかりませんけど、生きているということには無理があるなぁという気がします。

伊藤　でもアニミズム、さっきも宗教の話で出てきましたけど、その基本は生命でしょう。宇宙に散らばる塵《ちり》みたいな。それは、生きていることで成り立ってますよね。人間もその一つと考えられません？

石牟礼　そう、だけど「そらのみぢん」になったときはいいけども、まぁなるんでしょうけど、生きている間は、どうも世間とうまくいかない。何かお互いに無理しているなぁという気が。思い過ごしかもしれないけど、そうは人様はお思いにならないかもしれないけど、私の主観では、お互いに無理があるなっていう気がします。それで言葉も、することもなすことも、なんとなく掛け違うんじゃないかって。

伊藤　明るいふりをしてますが、実はよくわかります。

石牟礼　ねぇ。それでないと、詩なんか書かないでしょう。

伊藤　実はね。隠してますけどね。

石牟礼　隠してますけど。それでお互いに、なるべく波風立たないように、お互いに不必要に苦しまないように気を遣って、努力はしていると思うんですよ。私だって。それでも無理がある。だからなおさら、無理が来るということも言えます。もう、生きていくって大変。

伊藤　つい、紛《まぎ》れてました。楽しいこともいっぱいあるから。

石牟礼　楽しいこともありますよね、まぁありがたいことに。でも、どこかで泣きべそかいているのね。

第四章　いつかは浄土へ参るべき

『梁塵秘抄』を飛び飛びに読む

石牟礼　『梁塵秘抄』を話題にしようということだったけど、考えてみたら、自分の好きなところだけ読んで、最初から最後まで読み通していないんです。

伊藤　あら、私も。

石牟礼　それで、「あらーっ」と思ってね。たとえば「法文歌」が二百二十首、「今様」が二百六十五首あるでしょう、全体で六百ぐらいあるわけでしょう。その法文歌、仏教の古典を詠みこんだ歌というのを改めて拾い読みしてみたら、知らないことがいっぱいある。これは、仏教事典を読んでみなきゃ、なんのことかわからないというのも、たくさんあるんですよ。

伊藤　ありますよね。でも、私たちが知らなくていいようなことも、いっぱい書いてありますから（笑）。

石牟礼　そうですね。で、そんなのを解説しながら話すというのは、とてものことじゃないけど、できないと。

伊藤　いやもう、石牟礼さん、それは私もできません。

石牟礼　結局、好きなところを飛び読みしているの。

伊藤　でも、そのときは、読んでいて、好きな所が向こうから飛び込んでくるでしょう。それでいいんです。『梁塵秘抄』は、私も実は全部読み通してなくて、後白河法皇の書いた覚書《おぼえがき》じゃなくて、口伝《くでん》？　全然読んでなかったです。読み返してみて、法華経関係がいっぱいあって。

石牟礼　法華経ばっかりじゃなくて、いろいろなお経に触れているのね。

伊藤　でも、私はどれという特殊化したものじゃなくて、ぼんやりとした、信仰というのも面はゆいような、「信心《しんじん》」と言いたくなるような……。

石牟礼　信心ですよ。

伊藤　信じる心を信じるみたいな、そんなものが心に響いてきます。そうすると人口に膾《かい》炙《しゃ》している歌ばかりになって、なんといい加減な読み方をしていることだろうと、私もついこの間、思ったところです。

石牟礼　私、ゆうべ、つくづくそう思った。いい加減な読み方をしていたなぁと思って。だけど、「今様」は、今私たちが言う流行歌とはちょっと違うけど、歌だから。経を唱える代わりに歌った。当時の庶民たちは教養とか言わなかったでしょうし、書物なんか見てお経を考えたりする人は、よほど特殊な人だったに違いない。だから、歌にして伝えれば、仏もすらりと出てくるし。たとえば、鹿を仏か神の精のように見立てて、神様がかった鹿に違いないというような歌もあるんです。あらゆるものを仏の化身《けしん》と見て、自分たちもいずれ仏になるんだって歌ったんでしょう。

「我等も終には仏なり」

伊藤　ありますね。そして私、なんかいいなと思ったのは、ほら、考え方であるじゃないですか。「自分たちの中にもうすでに仏がいて、あとはそれを表わすだけ」っていう。そういうのもいっぱいありますね。

石牟礼　「いずれは仏になる身」って、今はいろいろ、してはいけないこともして、罪を重ねたりしているけれども、いずれは仏になる身だから、って。こう考えられたらいいですねえ。

伊藤　いいですね。その考え方は賛成していらっしゃいます?

石牟礼　賛成ですとも。

伊藤　まあ、素敵(笑)。いいですよね、あれ。どこでしたっけ、「いずれ仏になる身」という歌は……。

石牟礼　私も書き抜こうと思ったけれど、もうほら、書けないんですよ、体力がなくて。メモをぼーっと見ても……見えなくなる。あれを持ってこなきゃ見えない。ちょっと天眼鏡を持ってきます（天眼鏡を取って戻る）。

伊藤　「仏も昔は人なりき、我等《われら》も終《つい》には仏なり、三身仏性《さむじんぶつしやう》具《ぐ》せる身と、知らざりけることあはれなれ」（二三二）。

石牟礼　ああ、この本はいいですね。解説が下に書いてあるんでしょう。

伊藤　これと、もう一つ持っている本は、ものすごいわかりやすいんです。

石牟礼　私はこの、昭和三十一年刊の岩波文庫を読みにくいの。目が見えないというのは……。

伊藤　字が小さいでしょう。

石牟礼　字が小さーい。とても読めない。

伊藤　今のはね、「雑法文《ぞうほうもん》の歌」というんですよ、番号が二三二番。

「よろづの仏に疎まれて」

石牟礼　その二四〇番というのにですね。

伊藤　これ、私大好きです。自分の歌かと思いました。

石牟礼　うふふふ（笑）。

「儚《はかな》き此《こ》の世を過《す》ぐすとて、海山稼《うみやまかせ》ぐとせし程《ほど》に、万《よろづ》の仏に疎《うと》まれて、後生《ごしやう》我が身を如何《いか》にせん」（二四〇）。

よろづの仏に疎まれて、ねえ。

伊藤　疎まれていますもの（笑）。毎日毎日、ああ、また疎まれた、ああ、疎まれたと思って。

石牟礼　私が小さいときに、ノイローゼになって死にたくなったのは、「よろづの仏に疎まれて」という感じになっていたんですね。何かほら、よく喧嘩をしていたでしょう。喧嘩をして勝ったりすると、反省するわけね。反省して、とても自分が嫌になる。なんて、目立ちたがりだろうって。それで、わりと我が家は信心深い家でしょう。何かというと、「南無阿弥陀仏《なんまんだぶ》、南無阿弥陀仏《なんまんだぶ》」という家ですからね。こんな喧嘩をして、自分ではいいことをしたぐらいに思っているけれど、なんて嫌な子だろうと自分で思って、そのときに「よろづの仏」に、萬《よろづ》という言葉は知らなかったけれど、「あぁ、仏様がご覧になったら、私はいじめっ子大将をいじめて得意になってるけど、なんて嫌な人間だろう」と思う。勝ったと思うのが浅ましーい、という気になって、もう世の中全体が嫌になるんです。

仏様と乞食さん

伊藤　そのとき石牟礼さんの頭の中にある「仏」というのは、お一人？　それとも何人も。それとも、どんな形をして、どんな顔をして、イメージがありました？

石牟礼　いや、仏様はね、どこから見ておられるかわからないよというのがあった。かねがね母が、乞食のような人たちがたくさん家には来てましたけど、家では「特に大切にせんといかん」と言っていました。やってくる乞食さんを「弘法大師様の生まれ変わりであんなさるかもしれない」「粗末にするとちゃんと見ていなさる」と。それで、もらいに来る人たちに差し上げる役目は子供でなくちゃいかん。大人が出ていくと、乞食さんが気兼ねをなさる、と。子供がお金なりお米なり、少しばっかり何か芋の葉とか蓮の葉っぱに包んで差し上げる。「たとえ乞食さんであろうと、仏様かもしれんし」と、そんなふうに母が教えていました。

「いやぁ、どこから仏様が見とんなさるか、わからんなぁ」(笑)と思ってましたね。それで、正しい、いいことをしたと自分では思っていても、心のすみずみを探せば汚い心が残っているに違いないと思って、とっても嫌になって……。

伊藤 なるほど。そのときはどんなお辞儀の仕方をするんですか?

石牟礼 手は膝の下まで行くように。

伊藤 じゃ、深々とこう……。

石牟礼 はい。そして、合掌をしてお辞儀をせんといかんというので、合掌をして。

伊藤 すると、向こうの人も、たとえばそこでお経を唱えたりしてくれるんですか。

石牟礼 する人もいるし。今思えば、巡礼さんですね。本当に乞食さんだったり。

伊藤 ちょっと石牟礼さん、ちょっと横道に……。私ね、ずーっとなんだろうと思っていたことが、ここでわかったかも。『鵜飼《うかひ》』をこの間読んでいて、一番最後の言葉が。

石牟礼 鵜飼?

伊藤 能の。あの最後の言葉がどうしてもわからなくて、それは今みたいな感情だったんですね。『鵜飼』の一番最後がこれなんです。これは地の謡《うたい》なんですけど、「是《これ》を見《み》かれを聞《きく》時は、たとひ悪人なりとても、慈悲の心を先《さき》として、僧会《そうえ》を供養するならば、其結縁《そのけちえん》に引かれつつ、仏果菩提《ぶつかぼだい》に至るべし」。

　ここまではまあいいんですけど、次なんです。「実往来《げにゆき》の利益《りやく》こそ、他《た》を済《たす》くべき力なれ、他を済くべき力なれ」。この「実往来の利益こそ」というのが、わからなかったんです。

石牟礼　通りすがり、というような意味かしら。

伊藤　みたいです。それで、いろんな注釈書を読んだら、結局、通りすがりのお坊さんを大切にしなさいと。そういう往来の人を大切にすると、それが我が身に返ってきて、他を済くべき力となる、とそういうことらしいんですよね。

　お母様が石牟礼さんにお教えになったことっていうのは、結局、そういうことですね。

石牟礼　そういうことでしょうね。それは、ちゃんとしたお坊様の姿だと尊く見えたりするけど、本当の乞食だと、もう汚れしなびた、風体《ふうてい》も汚れて臭くって、子供の目からも、見かけも本当に卑しい。

伊藤　全然、弘法大師には見えません？

石牟礼　見えません。そういう人こそ大切にしなきゃいけないと、我が家では言っていました。

「勧進どん」への施し

伊藤　ほかに、どんな形の人々が来ましたか？　巡礼でしょう。

石牟礼　明らかに巡礼の姿をしている人たちとか、それが親子の乞食というのが一番哀れというか、母と娘。

伊藤　ちっちゃい子ですか。

石牟礼　ちっちゃい子、私と同じくらいの。

伊藤　なんか、松本清張の『砂の器』みたいな。私のイメージはあんな感じです。映画では、加藤嘉《よし》が子供の手を引いて回っていく。

石牟礼　女の乞食さんって、本当に可哀そうで……。今も記憶にありますけど、目つきが鋭くて。

伊藤　あげる物はご飯とか？

石牟礼　お米をね。ちゃんと頭陀袋《ずだぶくろ》というのを、頭陀袋と言っていたけど、袋を四角に縫ったやつ、肩から胸に下げているの。蓋をするように、布のかばんですね。そして、開けなさってそこへ差し出すと、さらさらっと……。

伊藤　生《なま》のお米を？

石牟礼　生のお米。おにぎりを握っている暇はないですので。

伊藤　なるほど。ああそうか、来たからすぐあげなくちゃいけない。

石牟礼　家の米びつも、いつもざらざら、がらがらと音がするぐらいで、だから底のほうに少ししかないお米を差し上げるときもありました。

伊藤　どのくらい差し上げるんですか？

石牟礼　お皿一杯。一杯というか、こぼれない程度に。米だったり時に麦だったり粟だったり、あったものをです。

伊藤　あったものなんですね。

石牟礼　はい。お米を差し上げるときは、なんとなく母の目つきが悲しそうだった、決して豊かでないのに、食べるのが減るから。乞食さんに差し上げていたのを覚えている時期は、家が貧しい時期でした。

伊藤　なんて呼ぶんですか、「乞食さん」？　巡礼の場合は？

石牟礼　「勧進《かんじん》どん」と言っていましたね（注・僧の姿で物乞いをする人のこと）。

伊藤　女も「かんじんどん」？

石牟礼　はい、その汚い格好をしている人のことを。

伊藤　その人たちのほかに、どんな人たちにそうやって。

石牟礼　それは琵琶弾き、薩摩琵琶だったか、どこの琵琶だったのか。

伊藤　ああ、琵琶法師みたいな人。

石牟礼　女の人たちが二人とかで、一人は目が開いている人で、もう一人が盲人で琵琶を弾く人。いくらか見える人が道案内をしていくのかな、繋がってね。

伊藤　じゃ、瞽女《ごぜ》さんですね？　それは。

石牟礼　ああ、瞽女さん、琵琶弾きさんじゃなくて、瞽女さん。

伊藤　じゃ、ふつうの村のふつうの人たちで、弱い人、貧しい人、病気の人との関わりも、それと同じような形であったわけですか。何か困っている人がいたら、手を差し伸べるみたいなことが、ふつうに行なわれていたんですか？

石牟礼　それは、あまり目立たない形でやっていましたね。村の人もいろいろおりますから、いろいろですね。中には意地悪な家もありました。

伊藤　そうなると、ふつうの人間関係というのが出てくるわけですね。

石牟礼　はい、人間関係です。だけど、そう極端に見捨てたりはしなかったと思います。

伊藤　誰が死にそうだとかいうのは、全部わかっていました？

石牟礼　全部わかってましたよ。「あそこの家は、もう長《なご》うなかろう」とか。

伊藤　今ってほら、すっごく目につくでしょう、あそこにも独り暮らしのおじいちゃんがいる、おばあちゃんがいるみたいに。

石牟礼　お年寄りはそのころも、けっこう多かったと思うんですけど。でも、お年寄りたちがいて共同体が成り立つという。何かわからないことがあると、あれはあそこのおじいちゃんが知ってるとか、これはあそこの家のおばあちゃんが詳しいとか、村の人たちも知ってまして……。

伊藤　それでまた、同じようなところに行っちゃいますけど、まったく動けなくなって、意識もないようなおじいちゃん、おばあちゃんが寝たきりでいるということもありましたか？

石牟礼　おられたと思うんですよ。

伊藤　いましたよね。それは、どういう形でおられたのかなと思って、どうしても知りたくて……。

石牟礼　それでもやっぱり、村の人たちはそれぞれ気にかけているんですね。

「いつかは浄土へ参るべき」

伊藤　石牟礼さん、『梁塵秘抄』でお好きなのを読んでください。あ、これ私も好き。「暁《あかつき》静《しづ》かに……」。

石牟礼　「暁《あかつき》静《しづ》かに寝覚《ねざ》めして、思へば涙ぞ抑《おさ》へ敢《あ》へぬ、儚《はかな》く此《こ》の世を過《すぐ》しては　何時《いつ》かは浄土へ参《まい》るべき」（二三八）。

非常に普遍的ですね。

伊藤　いいですね。法文歌というよりは日常歌と言いたくなるような。

石牟礼　「いつかは浄土へ参るべき」というのがあるから、なんて言うか、この涙もなんとなく救いがあるんですね。

伊藤　これは「いつかは浄土へ参るのだろう」と言っているのかしら。

石牟礼　「べき」だから、かなり強いですよ。参るべき。

伊藤　私、これを読んだときは、もっと否定的な感情を持ちました。「儚く此の世を過しては」って、こんなに儚くこの世を過ごしていたんでは、いつになったら浄土へ行かれるんだろうか、行かれないよ、というふうに読んでいました。

石牟礼　いや、これはそうじゃないでしょう。だからその、「暁静かに寝覚めして、思へば涙ぞ抑へ敢へぬ」、この思いというのは、たとえば親が恋しいとか、夫に別れ、生き別れか死に別れか知りませんけど、好きな人に別れた、もう帰ってこないとか、あるいは子供を失ったとか、何かこのひどーい運命にいろんな諸条件があって陥っているとか、いろいろでしょうけれどね。「思へば涙ぞ抑へ敢へぬ」というのは。まあ、千万無量というけれど。その無量の思いがあって……。涙がその……。暁というのは寒かったりするじゃないですか（笑）。

伊藤　そうですね（笑）。

石牟礼　寒さと悲しさでね、そして自分の一生は儚かったって。この先も儚いであろうと。だけども、自分も仏様になるのか、仏様がお迎えに来てくださるのかわからないけれど、この現世の悲しみもいつかは終わるんだって。そして終わった先には浄土があるんだって。「いつかは浄土へ参るべき」と思って、救いの道はある、いつかは浄土に参るんだと。

伊藤　いい歌ですね。なんでいいんでしょうかね、「参る」というのは。

石牟礼　この「参らせていただく」というか、行かせていただくと。

伊藤　人の、自分だけが頑張って行くのではなくて。
石牟礼　向こうからもお迎えしてくださるという……。
伊藤　受け入れられるみたいなことですね。
石牟礼　受け入れられる意味もあるんじゃないでしょうか。そして、これがあって、庶民はお互いに助かるなぁ、助かったなぁと感じると思います。この言葉というか、この思いがあって。これはもう「絶対苦」というのが前提としてありますよね。

自分は浄土へ参るのか

伊藤　こんな思いをなさったことはありますか？「暁静かに寝覚めして、思へば涙ぞ抑へ敢へぬ」。
石牟礼　それはありますよ。そういうことは、たびたび。ただ、「いつかは浄土へ参るべき」とは、まだ、なんていうか……。昔の人はこんなふうに歌っていたと思うと、「あぁ、昔も今も変わらないのか」と。いったい私たちは何が進歩したのだろうと思いますけどね。
伊藤　進歩してないですよね、きっと。
石牟礼　なんにも、してないです。文明も何も、なんにもないです、人間を救うものは。

こういう歌が残っていて、これで救われる。昔の人も同じだったんだと思って。救われるというわけではないけれど、共感する。深く深く共感する。それで、どういう人がつくったんだろうなと思います。

伊藤　どんな人だと思います？

石牟礼　まあ、ふつうの庶民だと思いますよ。

伊藤　女、男？

石牟礼　女と思う。

伊藤　やっぱりそう思いますか。私もそう思うんです、なんでだろう。この辺は皆、女の声で聞こえてきますよね。

石牟礼　法文歌の中に、隠れた前提として、「女は救われん」というのがあるんじゃないでしょうか。

伊藤　ああ、ありますね。それはもう、仏教の根本に。

石牟礼　根本にありますよね、どの仏教の中にも、「女さえも救われる」というのがありますでしょう。

伊藤　ということは、ふつうの男はもちろん大丈夫なんだ、みたいな……。

石牟礼　一番隠れた基本的テーマ、女は救われないけれど、女さえも仏の門人になることができるって。

伊藤　そう、法華経に、女が龍になって、それで浄土に行くっていう話がありますよね。『梁塵秘抄』にも、それがテーマのがいくつもある（「女人《によにん》五つの障《さは》り有り、無垢《むく》の浄土は疎《うと》けれど、蓮花し濁《にご》りに開くれば　龍女《りうによ》も仏に成《な》りにけり」一一六、「龍女は仏に成りにけり、などか我等も成らざらん、五障の雲こそ厚くとも、如来月輪《によらいぐわちりん》隠されじ」二〇八など）。

石牟礼　はい、龍女。

伊藤　なんで女のままじゃ駄目なのかって、今の人間だから、そんなこと思いますよ。

石牟礼　私だって思いますよ（笑）。龍になるというのは大変です。

伊藤　それはそれで大変なら、はじめっから、このまんまで、浄土に行っちゃったほうが早いんじゃないかと思うんですけどね。それで、石牟礼さんは、ご自分がいずれ浄土に行くっていう感じはおありですか？

石牟礼　あんまりないですよ。私のようなのがね、行けるのかな。

伊藤　でも、『梁塵秘抄』の歌は、みな、「行ける」って言っていますよ。死んだらどうなると思います？「死んだ」といったら、その次。

石牟礼　どうなるんでしょう。
伊藤　意識はここにあると思います？
石牟礼　しばらくはあるだろうと思う。見ているだろうと思います、残りの、自分がかつてそこにいた世の中がどうなっていくんだろうって。
伊藤　どのくらい？　それは名残惜しい時間ですよね。
石牟礼　名残惜しい時間？　まあ、三日くらいはあるんじゃないですか。
伊藤　三日？　もっと長いかと思ってた。そんなもんですか。
石牟礼　よくわからない。私、あの世からの通信を書きたいけど。
伊藤　欲しいですね。メールとかね。
石牟礼　メールじゃない。私の場合はメール知らないもの。
伊藤　じゃ、どういう形で通信をされますか。
石牟礼　誰かの夢に出てきて、何か言うとかね。
伊藤　恨みを？
石牟礼　恨みはないですね。

伊藤　じゃ、何か念が残ると思います？

石牟礼　いやあ、この世の中が変になっていきよるでしょう、それが一番念に残る。子供たちが可哀そう……。幼い子供たちが。

伊藤　夢に出てきて、それを囁《ささや》きたい？

石牟礼　あのね、「良か夢なりとも、くださりませ」と言うんですよ。「良か夢なりと見らんば」って。幼いころですが、先隣に末広という女郎屋さんがあって、七夕《たなばた》の日には大きな大きな七夕さんが立つんです。我が家でも父が短冊に願いを書かせて、女郎さんたちも何か一生懸命に書く。そのことが子供心に何かしら哀切でね。それで、「末広の姉様《あねさま》たちは、なんば書きなはったやろか」って……。「良か夢なりとも、くださりませ」と書きなはるに違いないと母が言ってました。現世では良かことは来ないわけですから、夢でなりと、良か夢が来ますようにと、書きなはっとじゃなかろうかと。

伊藤　石牟礼さんも、そこには書かせてもらいました？

石牟礼　書きよりましたよ、一生懸命。

伊藤　なんて書きました？

石牟礼　山中鹿之介が祈るでしょう、「我に七難八苦を与えたまえ」と書いて。

伊藤　どういう意味ですか。我に七難八苦、実は苦労をしたいということ？　私、山中鹿之介が誰なのかも知りません。

石牟礼　山中鹿之介って、教科書で出てきた気がする。武士ですよね（注・戦国期・織豊期の武将、尼子《あまこ》氏に属して武名高かった。尼子家再興のため毛利家と戦う）。

伊藤　実在の？

石牟礼　はい。修身の教科書かなんかに出てきました。

伊藤　自分はいっぱい苦労して、立派な人になりたいということですか。

石牟礼　たしか、月に向かって「苦労を与えたまえ」って、祈るんですよ。

伊藤　それを石牟礼さんが自分からお書きになった。そんなことするから、よろづの仏に疎まれちゃうんですよ（笑）。それは自分から招いて……。

石牟礼　そして、父がそれを発見して、「おお、道子がこぎゃんこつば書いとる」って言って、私ものすごく恥ずかしかった。

伊藤　恥ずかしいんですか？

石牟礼　恥ずかしいですよ。だって、七夕のお星様に向かって書いているわけですから。父が目ざとく見つけて、「おおお」と言うてね、もう恥ずかしい、一生忘れない。

伊藤　でもきっとお父様は、すごくお喜びになったんじゃないでしょうか？　娘がこんなこと書いていると。

石牟礼　「なんていう父親だ、無神経ねぇ」と思って。

伊藤　それはそうだけど、七夕の短冊は、人に見られてなんぼのもの（笑）。

石牟礼　それは忘れないですね。あろうことか、そんなことを書くほうも書くほう。

伊藤　それはね、でも七難八苦は、そのあと、たしかに来たでしょう？

石牟礼　いろいろ来ましたねぇ、もう。

伊藤　十七難十八苦ぐらいあったような気がするんですけどね。そうか。その場合の七難八苦って、どんな苦労？　子供の心だから。

石牟礼　子供の心ですからね、ようわからんですよ。それでなくとも、我が家は貧乏のどん底になっているわけですから。それでも七夕だけは一生懸命、父はそういう歳時記みたいなの、大好きでやる人でしたから。

伊藤　それはお父様もお書きになった？

石牟礼　父も何か書いてたでしょうけど、私は人が書いたのは見たくないところがあるから。祈りというのはお互いに、人の祈りを見るというのは恥ずかしいでしょう。

伊藤　ああ、そういうことなんですね。そのときは、ちゃんと届くと思って書いていらっしゃいました？

石牟礼　届きますように、って思ってましたよ。

伊藤　誰にですか？

石牟礼　七夕様。仏じゃないですね。もっと何かロマンチックな感じですね。

伊藤　ですよね。あと、神社仏閣みたいな所に何か用があって行かれたりするでしょう。そのとき、神社とか富士山とかに、手を合わせてお祈りしますか？

石牟礼　まあ、合わせますけど、形ばかりですね。それよりは、やっぱり目に見えないものを……。

伊藤　それは何？　どうしても手を合わせたい、祈りたい、拝みたいって、どんなときですか。

石牟礼　そんなに多くはありませんよ。小さいときはお日様を拝んでましたね、町の人たちと一緒に。お掃除した道の上に最初に差すお日様の光は、老人たちも一斉に拝みますから、「あ、拝まなきゃ」と思って。

伊藤　老人たちは拝んでいたんですね。今、石牟礼さんは、日常生活で拝むということはないですか？

石牟礼　母の仏壇もここにつくっていますから、そこで拝みますね。

「遊ぶ子供の声聞けば」

石牟礼　母のことで思い出しましたが、『梁塵秘抄』に「遊びをせんとや生まれ《う》けん、戯《たはぶ》れせんとや生まれ《む》けん、遊ぶ子供の声聞けば、我が身さへこそ揺《ゆる》がるれ」（三五九）の歌がありますね。これを読むと、母を思うんです。子供が好きで、よその子でもとても可愛がっていました。別に子供たちを集めるというわけではないんですけど、母の周りに子供らが来てて。

死ぬ二年くらい前から、少子化ですから子供が減っていて、「このごろ、子供の遊ぶ声、せんねえ」と真から、そう言ってた。「子供たちが賑わう声はよかねー」と言って。村や近所の子供の声ですね。それを一人で聞くのが楽しみだったの。それが聞こえなくなったって。

伊藤　本当に、その歌のとおりですね。

石牟礼　それで「ああ」と思って、うちの母もこうだったなと思って。この町内も、お子さんの声はしないんです。でも、土曜とか日曜になりますと、どこからか赤ちゃんの泣き声がします。「あ、赤ちゃんの声が聞こえる」と思って、嬉しいですよ。どこからか、おじいちゃん、おばあちゃんにお孫さんをお見せしようと帰ってくるんでしょうね。

それで、またこの歌ですけど、夕べまた読んでいて、「遊びをせんとや生《う》まれけん、戯《たはぶ》れせんとや生《む》まれけん」の、この「戯れ」という字を当ててますよね。

前にもお話しましたけれど、後白河院の口伝の中に、「私はこんなに一生懸命やっているけれど、跡継ぎをする者はいないだろう」という言葉があるんですね。弟子たちの歌を一人ひとり批評して、合格点に達しないのを嘆いている。「声のわざ」とこの人は書いて、声の質、表現力、個々の歌唱力を通して、法文の世界を雲の上に乗せたかったんじゃないかしら。和歌を書く輩《ともがら》、歌人たち、書家は後世に残る。けれども、なにしろ、声のわざは残らないのでまとめておく、と無念そうに書いている。

伊藤　声は消えてしまいますが、後白河院のおかげで、今、読むことができますね。

「囃せば舞い出づる蟷螂、蝸牛」

石牟礼　こんな歌もいいですね。「をかしく舞ふものは、巫小楢葉車《かうなぎこならは》の筒《どう》とかや、平等院なる水車《みづぐるま》、囃《はや》せば舞ひ出《い》づる蟷螂《いぼうじり》、蝸牛《かたつぶり》」（三三一）。

伊藤　かろやかですね。

石牟礼　かろやかだなと思って。はっと姿が浮かんだ、「をかしく舞ふもの」は、って。巫女《こうなぎ》もあそびめのうちに入れられるでしょう。この人がおかしく舞うから、かまきりもかたつむりもおかしく舞うんだって、群衆も舞につられてうきうきしているのが感じられる……。

今でもいるけど、村々には何かきっかけがあれば、ひょいっと舞いだす人がいるんですよ。もう、さっと舞う。

伊藤　どんなふうに？

石牟礼　その舞の第一歩というか、手の位置も腰のかまえも、大地が舞わせるという感じ、大地が興に乗ってそこにいた人をさっと舞わせる。水俣の患者さんにもそういう人がいますよ、舞神さんといわれてね。

伊藤　どんな曲ですか。

石牟礼　どんな曲でも。見ていた人たちはすぐ囃すんですよ。テレビのお笑い芸人なんかちゃちで見ておられません。あんな下品じゃないですよ。でも上品というのでもないですけどね。

伊藤　滑稽な舞？

石牟礼　ちょっと滑稽ですね。一瞬のうちに皆を和《なご》ませる。アメノウズメノミコトからあるんだもの。

伊藤　石牟礼さんも舞いますか？

石牟礼　人がおらんときは舞えるけど人がおると舞いません（笑）。

伊藤　それじゃ駄目ですよ（笑）。

石牟礼　言葉が舞うときはありますよね、ねえ。

伊藤　ああ、わかった、なんなのか、そう、ありますね。

石牟礼　さっきの喧嘩をしにいくというのもああいうことですね。それで「一差し舞う」ってありますでしょ。

伊藤　織田信長とか、なんで舞うのかなと思っていたけど、舞神さんが憑《つ》いたのかも。「人間五十年」って（幸若舞『敦盛』）。

石牟礼　信長はよく自ら舞ったと言われてますね。

伊藤　舞神さんたちは、いつ舞うんですか？

石牟礼　寄り合いをやってるときとか、皆は話してるのに、何か他のこと考えているんですね。それを表現できない、そこで、あんまり邪魔にならないように「ここで一差し」という感じで、自己表現して帰るんですよ。そこにいた人もはっと気がついて拍手するんです、ああこの人を忘れとったって。システム化された会議では、そういう人たちはばかばかしくなって舞いませんね。

伊藤さんの好きな法文歌

石牟礼　どんな歌があなたは好きなのか、法文歌の中で探してください。

伊藤　なんといっても「儚《はかな》き此《こ》の世を過《す》ぐすとて、海山稼《うみやまかせ》ぐとせし程《ほど》に、万《よろづ》の仏に疎《うと》まれて、後生《ごしやう》我が身を如何《いか》にせん」（二四〇）。

後生、本当にどうしようかと思って（笑）。それから何か気になっているのが、これなんです。
「我等《われら》は何して老《お》いぬらん　思へばいとこそあはれなれ、今は西方極楽《さいほうごくらく》の、弥陀の誓ひを念ずべし」（二三五）。

石牟礼　ああ。

伊藤　たぶん、この後半部分より最初の「我等は何して老いぬらん　思へばいとこそあはれなれ」というところに、来ているんですね。この絶望感。絶望ですよね。

石牟礼　絶望ですよ。

伊藤　それから、
「我が子は十余《とおよ》に成《な》りぬらん、巫《かうなぎ》してこそ歩《あり》くなれ」（三六四）。

石牟礼　これは「我が子は二十《はたち》に成《な》りぬらん、博打《ばくち》してこそ歩《あり》くなれ」（三六五）って続くけど、これは、男の子ですね（笑）。

伊藤　男の子ですね。その次のやつが、「嫗《をうな》の子供の有様《ありさま》は……」（三六六）って、このババアの子供が三人いて、「冠者《くわじや》は博打の打《う》ち負《ま》けや、勝つ世無し」、一番上の子は博打をやっていて全然勝てない、「禅師《ぜんじ》は夙《まだ》きに夜行《やかう》好《この》むめり」、二人目の子にはお坊さんになって、まだ女を追っかけて歩いている。

「姫が心のしどけなければ、いとわびし」、一番下は……。

石牟礼　ろくな子がおらんわけね。

伊藤　ろくな子が……（笑）。この「我が子は十余に成りぬらん」の一番最後が、きゅーんと来るんですよね。

石牟礼　「憐《いとほ》しや」って。

伊藤　そうそう。「問ひみ問はずみ嬲《なぶ》るらん」といって、最後にぽんと「憐しや」というのが来るでしょう（三六四）。「いとほしや」というのは、これ、なんて言ったかな、民間の宗教者でね、「妙好人《みょうこうにん》」（注・浄土系の信仰心の厚い在家念仏信者）と呼ばれている人たちの詩に似てる……。

石牟礼　実在の人物ですか？　昔の人？

伊藤　ええ、江戸からほとんど現代の、明治とか戦争前とかそんな頃まで何人かそう呼ばれた人がいる。その人たちには歌みたいな短い詩がいっぱいあるんですけどね、「ありがたや、ありがたや」って何回も繰り返すんですよ。「あさましや、あさましや」って、その日々の暮らしに、そういう感慨が、あちこちに散りばめられていて、そのひと言「ありがたや」と言うときに、なんか石牟礼さんがおっしゃっていた、生きている物があっちこっちに散らばって立っているような、生命が群れているような、そんなものを感じました。
「いとをしや」という、そのひと言に……。それがありましたね。

「人の音せぬ暁に」

伊藤　あと、「暁《あかつき》……」なんでしたっけ？
石牟礼　「仏は常に在《いま》せども」ですか。
「仏は常に在《いま》せども、現《うつつ》ならぬぞあはれなる、人の音せぬ暁《あかつき》に、仄《ほの》かに夢に見え給《たま》ふ」（二六）。
伊藤　母がね、病院に入院したばっかりのとき、やっぱり環境が変わりましたら、すごく混乱して、一時的に、見当識《けんとうしき》障害といって、夜中に騒ぐんです。夜中になると「お母さん、お母さん」と騒ぐというんです。
石牟礼　「お母さん」とおっしゃって……。
伊藤　「お母さん」って、私にとってお母さんはあの人だったのに、「お母さん、お母さん」って、それが「お母さん」って誰だろうと、聞いてみたくなりましたね。そんなのが「暁」なんですよ。そのときは私、「いつでも呼んでください」と言ってあったから、明け方の四時とか五時に呼ばれるんです。

石牟礼　看護師さんが呼んでくださるの？

伊藤　呼んでくださるんですよ……（笑）。そうやって行くと、枕元のあらぬ所を見て、「なんでこんな所にいるの？」って。それはね、今ここに自分がいるということに対する不満なんですけど、それも現実的じゃないんです。それで話していると、「昔ね」という話になって、いつも話が同じ所に行くんですけど、やっぱり私の祖父母のこと、母にとってお母さんでありお父さんであり、妹があんなこと言って、姉があんなこと言ってと。だから私がちょっと聞くんですよね。どんな所で、あるいはどんなふうだったと。おばあちゃんは何を着てたって。一生懸命話すんだけど、どこまで行っても話が後戻りしていきながら、私が聞いたことの質問には答えてくれないみたいな……。でも、あんなのも全部「暁」のことで、暁だなと思いながら……。しばらくすると落ち着くんですよね。

今はもう、行きつけの病院でよく知ってる看護師さんたちに囲まれて落ち着きましたけど、この間、ふっと、「夜中に若い男のかんごふが」、母は「かんごふさん」ということばしか知らないから、男もかんごふなんですけど、「『まあちゃん』と言って、来てくれる」って言うんですね。

男の看護師さんも、リハビリの療法士さんも、皆若くていい男だから。母はすごくいい気持ち、この間もちょうどリハビリの最中に行ったら、「あなた、本当にいい男よ、ハンサムよ」って言ってまして。それで、その若い男の髪の長いかんごふが、夜中に来てくれて、かゆい所をかいてくれるっていう話を聞いたときに、この歌を思い出してね。

「ほとけはつねにいませども　うつつならぬぞあはれなる　ひとのおとせぬあかつきに　ほのかにゆめにみえたまふ」。母にとっては、あの若い、髪の長い、いい男の看護師が、夢かうつつか、全部それ、ひらがなで言っているような感じで、夜中にふっと現われて、背中をかいてくれる……。それって「仏」かなぁと思って……。あれはちょっと感動したんですね。

石牟礼　それはお幸せですね、そういうイメージがあるというのは。実際、かいてくれるわけでしょう。

伊藤　それがわからないんです。夜中に来るわけないなとも思うんですよね。

石牟礼　まぼろしかな。

伊藤　だから私としては、それが半分妄想なんじゃないかなと思いながら、もうあったこととして、「それはよかったね」と話すんだけど。私はあんまり宗教心がなくて、でも石牟礼さんのおっしゃるような生命とか、木とか植物とか好きでしょう。どんな宗教心もないのに、あのときは、『梁塵秘抄』のあれかと……。それで、今おっしゃった「どのお経を読むよりも、こういうほうが来る」というか……。

石牟礼　はいはい、ぐーっと来ますよ。こういう歌を考えだして、歌い継いで節をつけて、すごいなぁと思いますよ。私たちの中にある情念のようなもの、形にしてね。しかも文字にして、考えつめて、いいものだと思って。そして、「お経よりもありがたい」と思っていたわけですから。

『あやとりの記』のお経を唱える

伊藤　それで、最後に、『あやとりの記』のお経をね、大好きなものですから。

石牟礼　まあ、遊びで書いたのに。

伊藤　あれは遊びですか？

石牟礼　遊びです。

伊藤　この「流々草花《るーるーそーげ》」って、前も言ったように、ここでもって、いろいろな命が立っているというのを感じて……。

石牟礼　まあ、命の呼びかけみたいなものはあって、それがないと書けないけど。そんなことはあると思います。だから私にとっては、「遊びをせんとや」です。あれですよ、やっぱり、戯《たわむ》れですよ。

伊藤　戯れ？

石牟礼　まあ、誰かの「生《せい》」に束の間宿るというか、草木の生を私が生きるとか、そういう意味で遊びと思うんだけど、また「戯《たわぶ》れ」とも思いますけど、物を書くことは、たわぶれでしょう？　物を書くって。

伊藤　たわぶれ、そうですね。

石牟礼　演技……。

伊藤　演技みたいなものですよね。

石牟礼　人様の分も、束の間ちょっとお借りして生きるというか、能に関心を持って、この能を書いてみたりすることもそうだし、人は何かしらあらぬ世を生きてますよ。もう家に集まってくるおじさん、おばさんたちの噂話もどこまでが本当だか、半分、創作が入っていますものね。

伊藤　そうですね。そういうものなんだなぁ。そういう意味だったら、たとえば『梁塵秘抄』の中のぐっと来るものが、まさにお書きになっているものに、含まれていると思うんですよ。『苦海浄土』の一シーン、夫婦が漁に出て、船の上でご飯を食べるシーン、ちっとも宗教的じゃないはずなのに、釣ったばかりの鯛をお刺身にして、「かかよい、飯炊《まま》け」って言って自分は焼酎飲んでるあのシーン、波の音は聞こえてくるし、風の音も聞こえてくるし……。『アニマの鳥』にもあっちこっちにそういうところがあったし。『水はみどろの宮』にも歌がいっぱい出てきて、お互いに呼び交わす狐だの猫だの……。

石牟礼　はい、はい（笑）。

伊藤　ああいうのも、一つひとつ、命の言葉の根源というのがあると思うんですね。ちょうどビデオもあることだし、石牟礼さんの朗読しているところをぜひ撮りたい。『苦海浄土』とか、そういうところから一節とかいうのが本当でしょうけど、長いでしょう。『不知火』も朗読していただきたいんですけど、長いんですよね。

石牟礼　長い。

伊藤　で、「このお経を」（『あやとりの記』に出てくる石牟礼さんが創作したお経）と思うんです。あのお経の読み方には震えました（笑）。改めて、もう一回これをと思うんですが、いかがでしょうか。無理強いしておりますが……（笑）。

で、わからないのが、「流々草花《るーるーそーげ》」のあとの「遠離一輪《おんりーいちりん》」なんですけど、別の個所では、「流々草花《るーるーそーげ》」のあとは「窮微極妙《ぐーみーごくみょう》」なんですよ。だから、「窮微極妙《ぐーみーごくみょう》」をどう詠めばいいのか……。

石牟礼　そんな難しくないですよ。これは節をつけないで。『正信偈』はテキストがあって、お寺で稽古をしましたが……。

伊藤　たとえばこれだって、こうやって一、一、一……こうしたら節がつきますものね。「流々草花《るーるーそーげ》」というところが、本当に大好きなんです。

石牟礼　これは赤ちゃんが流れていくところですね。

じっぽうむーりょ　　十方無量
ひゃくせんまんのく　　百千万億
せーせーるいごう　　世々累劫
じんじんみーみょう　　深甚微妙
むーみょうあんちゅう　　無明闇中

るーるーそーげ　　流々草花

おんりーいちりん　　遠離一輪
ばくめいいむーみょう　莫明無明
みーしょうおくかーいー　未生億海。
ふふふ（笑）。

伊藤（拍手）

石牟礼　これは、わざとね、四字ずつにしたの。

伊藤「みーしょうーおくかーいー」と、ここで伸ばして切るんですね。

石牟礼　お終《しま》いだから、そうやったの。

伊藤「新般若心経」みたいな形で、これを人口に膾炙《かいしゃ》させましょう。これさえ唱えておれば、「我等もいつかは浄土へ参るべき」です。

石牟礼　そうですか（笑）。

伊藤　ええ。そして「そらのみぢんへちらばれ」です。

石牟礼　お粗末でございました。

伊藤　とても素敵でした。ありがとうございました。

あとがき

伊藤比呂美

親が年老いて、死というものについて考えはじめたのが二年前、今、要介護五の母は入院して寝たきり、要介護一の父は家で独居、身の回りの世話は毎日一時間ずつのヘルパーさんに頼っている。わたしはほとんど一月おきに、カリフォルニアの家族と熊本の両親の間を行ったり来たりしている。

母の病院に行くと、病院中に寝たきりの老人がいる。意識があったりなかったり、管につながれたりつながれてなかったりしながら、死ぬときを待っているように見える。

たしかおシャカ様が、昔、こういうのを見て発心したっけなあと思いながら考えている。人はどう死ぬか。

親を見ていると、ふたりとも、格別死ぬということを考えているようには見えず、いつか死ぬだろうが、まあ今ではないというふうで、生きているのもつまらないが、死にたいわけではなく、死ぬに死ねず、死に方もわからない。

とりあえず生きてるのでもなく死んでるのでもないという状態で、宙にぽっかり浮いてるみたいに、日々をほそぼそ生きながらえて、どうもやはり、お迎えを待っているとしか思えないような生き方をしている。

自分のときは、ぜひもっと前向きに、死に取り組みたい。楽しく（というわけにはいかないだろうが）いそいそと死ねたらいい。それには、死というものについてもっと知らないといけない。死とはどういうものか。

ところがこれがなかなか、人に聞けない。たとえば父や母に、死ぬってどういうこと？どんな感じ？　とは聞けないのである。

こないだ亡くなった知り合いのアーティスト、その奥さんが言うには、亡くなる一か月前くらいに、死ぬってどう思う？　と夫に話してみたが、ぜんぜん考えていないようで驚いた、と。

そういうものなのであろう。あけすけには聞けないし、聞いてもあけすけには答えられない。自分が死ぬまで結局はわからない。

でも石牟礼さんなら、と考えた。

そのお仕事を心の底から尊敬し、また熊本の地縁もあって、普段からなんとなく親しく思っている石牟礼さんになら、あけすけに聞けるし、半生をかけて、死者を、病者を、書いてこられた石牟礼さんなら、ご自分の死を見据えて、あけすけに語ってくださるのではないか。

失礼を承知で、この対談の話を持ちかけたら、あっけなくお許しをいただいた。ありがたかった。

最初に思いついたのは昨年の夏だった。電話で話したら、石牟礼さんは暑さに息もたえだえで、「この、呪われた、熊本の夏！」とののしっておられた。

で、夏はやめましょうということになって、秋、ところが熊本はこのごろは秋がいつまでも暑い。とうとう暮れの押し詰まる寸前に、わたしがアメリカから、平凡社の及川道比古さんが東京から、石牟礼さん宅に結集した。

最初の日、緊張して待っていたら、薄暗がりの廊下の向こうから、石牟礼さんが音もなくあらわれた。和服調の服を着て、パーキンソンの患者特有の小刻みな歩き方で近づいてこられて、その動作も表情も、まるで、能の、橋懸《はしがか》りを歩いてくるシテだった。

すてきですねそのお召し物、とわたしがいうと、これは母の着ていたものですの、と石牟礼さんはいい、それから、死の話がはじまった。

最初は二時間ずつ二日という約束だったのに、けっきょく話は長引いて、三時間ずつ三日ということになってしまって、さぞ、さぞ、お疲れだったろうと思う。

三月の初めには、もうたたき台ができていたが、その手入れを一緒にやりましょうということで再度石牟礼宅にうかがった。そのとき、石牟礼さんは、ご不自由なおからだで、豆を煮ておいてくださった。ぶっくりしたきれいな白花豆を口に入れるなり舌の上に汁が染み出た。しずかな、知的な、あかるい薄甘さが、絶品だった。

石牟礼さんのお仕事は、おもしろくて目が離せない。不自由だからなかなか書けませんとおっしゃっていたが、それでもつぎつぎに発表される。戦乱も死病もないままに、なんとなく死の淵をのぞきこんでいるみたいなおだやかな、ゆるやかな、老いの果てに、こんなにすばらしいものがつぎつぎに書けるのなら、老いも死も、捨てたもんじゃないと思う。

病院で寝たきりの母は、娑婆《しゃば》にいたときは、ストレスをためやすい性格で、完璧主義で、娘にたいしては支配的で……けっしてつきあいやすい母じゃなかったが、寝たきりになって、はじめて人生の苦労から解放されたみたいにリラックスしている。熊本に帰ると母の枕元に座って話すのが楽しい。もう話す内容もかぎられている。家族のこと、昔のこと、テレビのこと。それでも、はじめてこんなにリラックスした人格の母と向き合えたような気がして、話すのが楽しい。

この対談のおかげで、そう感じられるようになったような気がします、とほとけに手をあわせるような気持ちで石牟礼さんに話した（電話口だった）。

まあ、と電話のむこうで小さな声があがった。

「熊本近代文学館」の馬場純二さんは芋だごの差し入れ、「人間学研究会」の榎田弘さんはにこにことオブザーバー、「熊本文学隊」の岩永千夏さんはビデオの撮影、角田豊子さんはメール通信のお手伝い、米満公美子さんは日常のお世話、思想家の渡辺京二さんはコーヒーを入れてくださった。人々の力を借りなければできなかった。

編集の及川道比古さんは昔からのおつきあい、『のろとさにわ』（上野千鶴子さんと伊藤の共著）を平凡社ライブラリーにしたとき、石牟礼さんに解説をお願いした、そのときの担当も及川さん。縁が縦横無尽に。何から何までありがとうございました。

二〇〇七年五月

本書は二〇〇七年五月刊行の平凡社新書三七一『死を想う――われらも終には仏なり』に、次ページからの章を増補したものです。

増補 詩的代理母のような人 ほか一編

満ち潮——解説のかわりの献詩

石牟礼道子

足もと暗いかわたれどき　みじろいでいる海の夕茜
葦の渚の境界を歩いていました。
一瞬きりりっと　光と影が合わさった気配が目の前でして
あらと思ったときはもう手首に　丸い輪を下げていました　妖しの気配
生きものみたいだ　ウロボロスに似ているよ
島影の上　ゆらゆら残る陽にかざし
とみこうみして　大急ぎで唱えました。

血の色になるな　草になれ　草になれ

蛇が自分の尻尾をくわえる形をしたその紐は
夕映え色を抱いたまま　しばらく反転していましたが
だんだん草の色になってきた　おお　あの弾力のある山らっきょうの
茎そっくりになってきて　自分を編みこんで見せました
草のかんむりかしら　出来あがりました。
ほのあかむらさきの小花までつけて　綺麗です　でも油断できません
いつ自分を裏返してみせ　しゅるしゅる笑いながら
空に打ちあがってしまうかわからない
巻きぞえで　髪の毛ぐらい灼かれて　仕方ないか
知らない秘境の　祀りの呪具かもしれません。
青いほそい茎をひとすじ引き抜いて　かじってみました
日向くさい芳香が口の中いっぱい　つんつん辛みもありました
味噌をつけてかじればもっと乙な味になるんだけど　味噌なしで
味わっているうち　つめくさの青汁のこと思い出しちゃった。
兎がもぐもぐ　つめくさ花ごと食べるので　鼻のうごきにあこがれて

四つん這いで食べてみた野原のメニュー。苦いのがうれしかったその嗜好
十人ばかり子供たちの眸がだまってみていました。
チョちゃんやジロちゃんたちが　捕って殺されるわたしを　兎のわたしを
みていました　それだもんで　吊り下げられてもぐもぐしていた鼻が　まだ成仏してい
ない。
あのとき　めぇと啼いたか　もうと啼くべきだったか兎だもので
泣き方を知りません　するうち時間は気化して
つめくさの白い花だけ成仏しました。
思い出した　あのもぐもぐ
ひろみちゃんに似ている　ちづこちゃんに似ている
なつかしやあの花　山らっきょうの草かんむり　頭にかぶれば世界が変わる。
草の重みがかかるやいなや　野草のつづりで
〈のろとさにわ〉のくにと読めました。
髪の根元という根元から記憶がフラッシュバックしてあの久高の島がみえました。

波うちぎわの小さな泉　髪を浄める神女のひとりまたひとり
膚のきめさえ見えて来ます
漁師のかみさんで農婦で　手足たくましく陽灼けした女たちが
アダンの樹の下に小腰をかがめ　草のかんむりを頭《こうべ》に戴く。
たちまちそのおもざしが神に変貌してゆく尊貴な一瞬
上代への里帰り　たしかにしたと思うのに　さてそこから
ちゃんと帰りついたのか　今でもそれがわかりません
方向音痴がどうやって往ったのか　水俣をおんぶしたまま不知火の火影に宿り
気化した時間に運ばれて往ったのです　手をひく人びとの気配がありました
あれから十幾年　渚の神女たちは流出しました
たぶんヤマトの末世の浪がしらに　ひきさらわれたのでもありましょう。
いとたかき　島の榕樹をめぐって流れる神謡　イザイホウの祀り。
面伏せした素足のすり足の　浜辺の舞に　空から花が降っていた
白い神衣の胸にかざされた　ビロウ葉の扇
既婚者で　処女神になる者たちの儀式

祀りには　ことばは　組まれていなかった
森の奥で歌う神女たちの遠い声ばかり　そよ吹く梢の音ばかり
きこえるか　きこえないかの浪の音
麻のおおきな衣手に　わたしたちが亡ぼした世を抱いて
嫗の神が匂わせていた　祀りの馥郁
ヤマトジーパンわらんべたちさえうっとり羞じらっていた。

鉤の形になった老いの手が塩をまきました
白広袖をたくしあげ　ひるがえし　祀りの庭と亀甲墓の前に　塩をまきました
内地のバカが土足で汚したあとに塩をまき　わたしどもの方を一度もみなかった。
ことばは　ありませんでした
十三年目の午年《うまどし》もとっくにすぎ、あるべきはずのイザイホウが今はありません。
浪うち返す砂の浜　幾重もの潮がうつくしい
老いた神女の腕が　浪をたぐっているのでうつくしい
海底の　光を束ねて曳いているので島の樹々がうつくしい。

〈のろとさにわ〉からおくられた言霊を　草のつづりで読んでみたところ　こういう景
色が見えたのでした　ひょっとすれば読み違えたのかもしれません。
ウロボロスに似たかんむり草わたしの往ったこともない国々から大飛行
それとも崖の斜面の　古代ヨモギの穂がいま光る
あれに宿って　ぽうぽう浮かんで　みせたのですか。
しかしようこそお便り下さいました
あんじゅひめこさま・ひえだのあれはちづるこさま。
いよいよ捨身的超前衛かつタイムトンネルくぐりの妙技女の盛りがさらには花
次に　どんな声音のお洒落狂女が　うたってみせるやら
あだしが原の通りゃんせ　ゆきはよいよい
かえりはさびしいわたしのろくろ首　茜の消える海をながめて思います
幻覚博覧列島博物誌　いや生ま身で描く曼陀羅泥絵
お互いひと刷け入れるのも　なにかのえにしというもので。
こちらに声がくる前ぶれがいろいろありました　つい昨日も火葬場道をゆく途中

いやいや火葬場とは昔のこと　老人ホーム「ばらの苑」のあるところ
車の道をはさんで精神病院「やすらぎ荘」がそびえています　そばに人家はありません。
この道を通るのがいちばん辛い　目の下は計られたことのない水銀層の潟の浜
なくした時間を掘り起こすのに　ぜひともそこを通りたいこのジレンマ
ついこの間も頭の上から青年が　檻に摑まったまま結び文を投げてよこしました。
お母さんあんた死んだというがぼくは箱の中の虫がおらんもんでここかしらんあそこか
しらんとおもうてずいぶん地面をほった×××爪ん はげたぞ何もおらんじゃんか死んだ
のはぼくの方だぞ探しに来いほらせやがって泥ほる気持　わかるか　墓場虫め

拾うところを見られたので　干皿《ひざら》貝の殻を背中にくっつけたような気分です
このあたり墓場虫がいるとすれば、昔の火葬場の死人さんたちかもしれません。
いや結び文のことではなく　コンクリート地面が地層ごと割れ
あしのうらが妙なぐあいになる話でした
崖道で　あしのうらにいきなり突きあげてくる場所があり
そこを通ればいつも地の下からつかまえられてしまいます。

コンクリの瘡ぶたが内側から割れ　その裂けめには駄竹だの栴檀だの雷に打たれた松の
根などがうじゃうじゃ固まり　髭根を出して地層を持ち上げ　たいした力です
あるときわたしは沖の鳥に気をとられ
片目を出していた地霊の頭を踏んづけちゃった。
衝撃でいまも右足の甲が左足より盛りあがっているくらい
そこを通ると髭根の前にひざまずき　片足をひいて挨拶いたします。
かのスサノオに似た気配でして　今日も今日とて頂きものの呪具をさっそく持参
瘤々の腕にさわらせ　供えました。びょうき持ちのわたしにうんざりしているスサノオ
氏がかっと目をあけ　すぐに感じて　海の上に連れ舞う二羽を見上げました
まだ昏れのこる瑠璃光の　天草・島原の空　彼は躰をゆすりあげ　目を細めました。
おもわずもともに見しかな　ことばの紅葉

陸の諸相を呑みこんで　水銀さえも呑みこんで　眼下の海は原初の夜
啼く魚を一種類だけ知っています　グチという名で　はずかしながらわたしそっくり
振り返り気質かもしれません　じつはその上　墓場虫の解体ウィルスがとりついており

まして　もともと細胞単位の自我に寄生されているものですから　これが夜中になると
前頭葉あたりで遠吠えをはじめるんですね。すると解体屋の方ががんばって孤立だ　無
意味だ　いや自立だと　思念の現場は難民たちの沙漠です
朝はですからもういいお前さんは行き倒れだと言い聞かせねばなりません　あとはお薬
の世話になる始末でして。
かくてふらふら崖の主のところへ往くうち　脅かされました。

海で死ぬ人間は海虫が食う。目にも見えんようなのもおるが、三日も経てばびっしり食
われて、赤むけになる。顔も目玉も鼻も口も、とくに女は見られんようになる。ズロー
ス着けようがだめじゃわい。食い入ってゆくからな。たとえ目標しの物、着ておっても、
潮が持ってゆく。上手になめ取るように食うてゆく。

食べられたくなくて皮膚の方から裏返れば　個我もポエムもまろび出て
じたばたしはじめるそのひととき　滅びも愉楽
海の面が暗くなりました　これから魚たちがつっ突きに来ます

まわりでは　小っちゃな生命群の無限花火
海の中いっぱい交錯しあい　いったいどれくらいの命だか
五位鷺の啼く声を　海底で聴きました
潮は音もなく満ちてきて

（初出：『のろとさにわ』平凡社ライブラリー、一九九五年）

詩的代理母のような人

伊藤比呂美

熊本に帰るたびに、石牟礼さんに会いに行った。

近くにはもっと親身に世話をする人々がいる。近親者ももちろんいる。わたしなんて人工衛星みたいなものだ。いつも多少の他人行儀さを失わず、会いに行って、その話に耳を澄ませた。ときどき石牟礼さんに会いたい人を連れて行った。

最近はもどかしかった。石牟礼さんの身体がどんどん小さく、萎んで、細く、薄く、骨格のまわりに皮膚がはりついているようで、どんどん浮き世離れした風貌になっていった。あの世とこの世の境をふとまたいで向こうに行っても、不思議じゃない感じだった。

会いに行くたびに何か季節のものを運んでいった。花屋で素朴な花を買ってくることもあれば、河原に分け入って取ってくることもあった。桑の実の赤や黒のとりどりに混ざった枝や、烏瓜の赤い実の乾いた蔓や。去年の夏には桑の実も烏瓜も野の花もなかったので、親指くらいのサイズの猫のぬいぐるみを持って行ったりした。

石牟礼さん、石牟礼さんの飼っていた猫の名前は何でしたっけ？

「みょん」

どんな猫でしたか。

「キジ猫」

それはちょうどキジ猫みたいな黄色の猫だった。これはみょんちゃんのかわり、と言って石牟礼さんの手の中にそっと入れると、石牟礼さんは「まあ」と声をあげて、「これ、わたしにくださるの」と言った。


わたしは石牟礼さんの文学に対して、尊敬も思慕もおおいに持っているのだが、だからこそ石牟礼文学について語り合う石牟礼大学というものを熊本の仲間とともにやったりもしているわけだが、それは既に読んで好きなものを思慕しているだけで、なんだかいつも、なんだか少し、反発する気持ちも持っていた。そしてそれを持っていることが、いつも少しばかり後ろめたかった。

わたしは東京の裏町の裏通りの生まれ育ちで、そこの人々がどんなに他人に酷薄か見てきた。自分の親もふくめて、そうだった。石牟礼さんの文学に出てくる、弱い者を大切にする善良なコミュニティや、互いに手を合わせ合うような人の情は、居心地が悪かった。石牟礼さんその人だって、そういうコミュニティから蹴り出された人なんじゃないか。そういう口の中でもごもご思っていた。

エッセイ集の解説を書いたことがある。めまいに襲われたような読後感を持った。時間軸と空間軸のずれというか。軸を乱し、歪めながら、石牟礼さんという人が自在に動いていくさまを読み取るのは苦痛ですらあった。

だから実は、石牟礼さんの文学は、ぜんぶを読んでない。読まなくちゃいけないと思いながら、読みたいものしか読んでない。読みかけてやめたものも、いくつもある。石牟礼さんの凄さは何よりもよくわかるのに、石牟礼さんのものなら無条件に、いい、いいといって誉め称えることができない。

『苦海浄土』。『春の城』。『西南役伝説《せいなんのえき》』。読みたいもの、既に読んだものはいくつもある。読んだそのときの衝撃は忘れられない。日本の文学の枠内で語るのがばかばかしい。ジョン・スタインベックやファン・ルルフォやガルシア＝マルケスなんかと引き比べて論じたくなってしまうスケールの大きさであり、深さであり、ことばの凄さだ。

でもこの頃、一つ、また一つ、読み始め、読み通して発見する。そして感動する。その鏡を何枚も立てたまん中で、時間軸と空間軸がずれているような、その石牟礼さんらしさを味わう。そういう作品が少しずつ増えてきた。

『椿の海の記』。これはついこないだ読んだ（去年の石牟礼大学のときだ）。『椿の海の記』ものすごくよかったですと渡辺京二さんに言ったら「今頃、遅いよ」と言われた。

まるで母に反抗する思春期少女みたいに、思慕と敬愛と反発をふつふつと抱きつつ、わたしは石牟礼さんに会いに行った。本人に会えば、反発心はするりと消えて、石牟礼さんその人に対する思慕と敬愛の気持ちが高まるのだった。

昔はもっと間遠だったが、年取るにつれ頻繁になった。ちょうど生みの親たちが老い衰えてきた頃だ。親たちが死に絶えた頃には、帰るたびに必ず会いに行くようになっていた。老人を見舞うというのがこんなに意味のあることだとは思わなかった。生みの親と違って、石牟礼さんには何の責任もない。何もしなくていい。熊本に帰ったときに会いに行けばいい。亡くなっても帰らなくていい。それで帰るたびに会いに行った。誕生日には電話をかけた。しだいしだいに会話がままならなくなった。わたしの耳も悪くなって、か細いその声がなかなか聴き取れなくなった。それでも会いに行った。会いに行かずにはいられないのだった。会ってその細い手を握ると、ほっとするのだった。こんなに通ってると迷惑かもしれないなあと思いながら、それでも通った。

そのうちにわたしは渡辺京二さんという人のおもしろさを発見したのである。渡辺京二さんには石牟礼さんのところで初めて会った。何年も前だ。台所にお茶を入れてお菓子を出してくれる人がいた。ありがとうございますとかなんとか言って挨拶したが、渡辺さんだとは知らなかった。少しずつ、わかってきた頃、「きみは、最初の何年も、ぼくのことなんか目に入ってなかっただろ、変な人がいるなくらいに思っていただろう」と京二さんにはさんざんからかわれたが、ほんとうだった。親しくなったのは、熊本の文化や文学の中心になっている橙《だいだい》書店でよく会うようになってからだ。あるとき、「きみは、熊本に帰っていらっしゃい」と言われた。心の底に、そのことばはずしんと響いて残った。

ここ数年、わたしは熊本の歴史や神風連《しんぷうれん》について調べているのだが、調べはじめてみて驚いた。行く先々に渡辺京二さんの書いた本がある。何を読んでも講談のようにおもしろく、全体像がくっきり浮かび上がる。わたしは枝葉末節にこだわることしかできないし、翻訳以外に語る方法を知らないので、京二さんのやり方は、衝撃であり、感動だった。それで京二さんのところにも通いはじめ、歴史について文学について話を聞くようになった。

てなことを石牟礼さんのところに行って話したのが去年の夏だった。この頃京二さんところに行って文学教えてもらっているんですよ、と。そしたら、石牟礼さん、そのとき突然しゃっきりとして、高群逸枝《たかむれいつえ》さんのことなどをぽつぽつと話してくれた。よく聴き取れなかったけど、石牟礼さんが負けん気を出したようなのが見て取れて可笑しかった。そして突然こう言った。

「まあ、あなたはよく勉強する」

あんまり突然だったからどぎまぎした。おかーさんにほめられた小学五年生女児のようだった。

「わたしはあなたみたいな詩人になりたかった」

なーにーをーいいますか、わたしはひっくり返りそうになった。

何を言いますか石牟礼さん、わたしこそ石牟礼さんみたいな詩人になりたいと思って日々、ともごもごした。石牟礼さんが他の人をほめるのは聞いたことはあっても、自分がほめられたことはなかったのである。

「あなたは、まあ、ほんとによくやっている」

ほんとによくやっているかどうか、事実なんてどうでもいいのである。それを言ってもらったかもらわなかったかなのである。そしてそれは、詩人としてということは、生みの母には、言われなかったことなのである。生みの母のために言っておくと、彼女は一生わたしという娘を持て余していたらしいが、そしてわたしのほうでもそれを十二分に感じていて、母に対しては心の底から打ち解けたことがなかったのだが、死ぬ少し前にふと「あんたがいて楽しかったよ」と母が言った。「こんな子だったからたいへんだったけど」と。そのときわたしは母の呪いというものが解けたような気がしたのだが、このとき石牟礼さんという、この詩的代理母のような人のことばに、わたしは強く動かされ、わたしは石牟礼さんに顔が似ているとよく言われるが、丸っきり赤の他人、他人の空似なんである、解かれなきゃいけない呪いなんてぜんぜんなかったのである、でも強いて言えば、自分の呪いかもしれない、若い頃になんとなくかけてそのまま忘れていたようなそんな呪い、それがするすると解けて外れたような気がした。

それが去年の夏のことだ。あの「みょん」を手渡したのはそのときだ。石牟礼さんは短期入院していた病院から高齢者用の介護施設に帰ってきたばかりで、それは施設の中のリハビリ室だった。思いがけず呪いを解いてもらってあたふたしたわたしが、あたふたしながら帰りかけ、部屋を出たか出ないかのところで、後ろから呼び止められた。

「ひろみちゃーん」と、か細い声で、か細い腕をあげて、小さな車いすの中の小さな石牟礼さんが、広いリハビリ室の中で若い男の療法士に見守られながら、わたしのことを声に出して呼んでいた。だからわたしは走って帰って、石牟礼さんをハグして、また来ますからね、生きててくださいねと念を押した。

「さあどうかしら」と石牟礼さんは歌うように言って、手を振りながら、今度はそのままわたしを送り出してくれた。その後、一度ならず、二度も、三度も、熊本に帰って、わたしは石牟礼さんに再会した。まだまだ生きててくれるとそのたびに思った。この一月に帰ったときにも、生きてくださいねと言って別れた。そして今度こそ、もう再会はかなわない。生きてる人と死んだ人の間を生きてたような人だった。その間を生きて、すばらしい文学を作りあげた人だった。引き止めるつもりはさらさらないけど、もう会えないという事実に、ただ涙がとまらないのである。

（初出：『文學界』二〇一八年四月号）

【著者】
石牟礼道子（いしむれ みちこ）
1927年熊本県生まれ。作家・詩人。『苦界浄土』（現・講談社文庫）で1970年に大宅壮一賞に選ばれるが受賞辞退。93年『十六夜橋』（現・ちくま文庫）で第３回紫式部文学賞、『はにかみの国 石牟礼道子全詩集』（石風社）で2002年度芸術選奨文部科学大臣賞ほか受賞多数。2018年２月没。

伊藤比呂美（いとう ひろみ）
1955年東京都生まれ。詩人・作家。99年『ラニーニャ』（現・岩波現代文庫）で野間文芸新人賞、2006年『河原荒草』（思潮社）で第36回高見順賞、07年『とげ抜き 新巣鴨地蔵縁起』（現・講談社文庫）で第15回萩原朔太郎賞、第18回紫式部文学賞、15年第５回早稲田大学坪内逍遙大賞ほか受賞多数。

平 凡 社 新 書 ８ ８ ４

新版 死を想う
われらも終には仏なり

発行日――2018年７月13日 初版第１刷

著者――石牟礼道子・伊藤比呂美
発行者――下中美都
発行所――株式会社平凡社
東京都千代田区神田神保町3-29 〒101-0051
電話 東京（03）3230-6580［編集］
東京（03）3230-6573［営業］
振替 00180-0-29639
印刷・製本―図書印刷株式会社
装幀――菊地信義

ISBN978-4-582-85884-6
NDC 分類番号910 新書判（17.2cm） 総ページ232
平凡社ホームページ http://www.heibonsha.co.jp/